Adam Eve

Have

A Better Night After Your Goodnight

有 你 说

晚 安

我 才 好

入 眠

洛 凡　著

中国友谊出版公司

图书在版编目（CIP）数据

有你说晚安，我才好入眠 / 洛凡著．— 北京：中国友谊出版公司，2017.10

ISBN 978-7-5057-4142-3

Ⅰ．①有… Ⅱ．①洛… Ⅲ．①散文集－中国－当代 Ⅳ．① I267

中国版本图书馆 CIP 数据核字（2017）第 196392 号

书名	有你说晚安，我才好入眠
作者	洛　凡
出版	中国友谊出版公司
发行	中国友谊出版公司
经销	新华书店
印刷	小森印刷（北京）有限公司
规格	880×1230 毫米　32 开
	8.5 印张　200 千字
版次	2017 年 12 月第 1 版
印次	2017 年 12 月第 1 次印刷
书号	ISBN 978-7-5057-4142-3
定价	39.80 元
地址	北京市朝阳区西坝河南里 17 号楼
邮编	100028
电话	（010）64668676

如发现图书质量问题，可联系调换。质量投诉电话：010-82069336

CONTENTS

words & photos By
Adam Eve

PART 01　THE NIGHT FLIGHT

人与人之间相遇的契机被称为缘分。

大概就是这样的时刻：你需要一些关怀，我刚好想要付一些善意出去。

深夜飞行

PART 01

THE NIGHT FLIGHT

深 夜 飞 行
THE NIGHT FLIGHT

I　杨　慧

人与人之间相遇的契机被称为缘分。

大概就是这样的时刻：你需要一些关怀，我刚好想要付一些善意出去。

1

　　飞机降落，抵达 A 市，已是深夜。一个人拖着行李钻进机场大巴，看着沿途渐渐熄灭的万家灯火，像是不太欢迎来访者，也好像是我错过了什么。车厢里一片寂静，同样的落寞，人类发明制造的交通工具，努力挤压着时空，却无法消融藏在人们心中的孤独。耳边偶尔传来几句报站声，还有我肚子愤怒的抗议。此时我才意识到，折腾了一天，还没有好好吃过一顿饭。看着窗外连锁快餐的招牌逐一飞过，饿得心慌。大巴始终慢条斯理地行驶着，它喝饱了汽油，全然不顾别人的死活。行驶时间早就过了预计时间 27 分钟，它晚点了。40 分钟后，大巴到站，我飞奔下车跑向视野中唯一一家 24 小时营业的饭店——"沉木食堂"。

　　放下行李，落座安定，服务员递上菜单。封面干净利落，白底上印着一大碗勾人食欲的煲仔饭，碗的右侧有两个黑白漫画风格的小人儿，仅此而已。但在此刻，我对这种美食图片完全没有抵抗力，还没来得及翻页，就点了。直到服务员离开，才继续翻看，发现每页菜单上除了菜名和图片，角落处还画着和封面一样的小人儿，拉着一个条幅，上面写着暖心的小句子：

"夜深了，记得回家。"

"不开心吗？先填饱肚子再想这个问题吧。"

"路途或许很辛苦，但请再加把劲，一定会走过去的。"

几句话，简简单单，甚至有些刻意，但不知怎的对我这个向来挑剔的人却起了作用，疲惫的身体在一字一句的抚摸下渐渐松弛。长舒一口气，放下菜单，环顾四周，显眼的吧台轻松捕获食客的视线，一整块金属质地的银灰色长方体，隐隐散发着别样的优雅。吧台上摆放的东西很少，除了几样餐厅的用具外，还有三个精细的飞机模型。顺着吧台，视线在墙壁上散开，这里也成了飞机模型的降落点，大大小小，各式各样，铺满了整面墙。而与它相邻的墙壁就略显低调，只有几张并排摆放的电影海报，好像都与飞行有关，《飞行家》《虎！虎！虎！》。我饶有兴致地观察着。

一双手越过肩膀把煲仔饭放在我的面前，揭开盖子，浇上调味汁。

"好久不见，请慢用。"是一个女人的声音。

"好久不见。"

我收回目光和思绪把注意力放在吱吱作响的砂锅上。猛吃了几口，胃里的不安缓解了许多，才有了闲心和力气去询问菜单上的小条幅，内容为什么都跟夜晚有关。

"因为你是晚上来的啊。我们店里有两种菜单，白天用的是白天版，到了晚上就会用夜晚版。"

"内容有什么不同吗？"

"菜品是完全一样的，只是多了这些话……"

我懂了，原来这只是个噱头。

"之所以会刻意区分白天和夜晚，是因为在深夜游离的人或许会需要更多的鼓励吧。"

我思考着这句话的意思，好像是特意对我说的，却又不那么确定。外面大雨骤降，打断了我的想法，女人继续说："能赶在暴雨前进来，您也算是幸运啊。"我抬头看着窗外，雨点冲锋似的撞在玻璃上，粉身碎骨。此时的景象，似曾相识。

2

醒来的时候，听到噼里啪啦的声响，揉眼看去，雨水正肆意地拍打着窗檐。起身关窗，雨水混合泥土的气味扑面而来，一扫睡意。

不知几时下的一场急雨，地板上已经积了一摊水。

看看表，已经下午三点了。灰蓝色的天空，像只巨大的鲸鱼浮游在城市的上空。十月的南方，几场雨，才有了一些寒意，回身拿了一件深蓝色的针织开衫穿上，又折返回窗边。雨水猛烈地亲吻城市的每一处角落，远方的山上泛着清冷的白雾。往常热闹的街市也冷清了许多，路面被雨水冲刷得格外干净。行人撑举着各式雨伞，缓慢而焦急地走着。他们急着回家，而我却要开始整理行囊继续出发。

进入秋季之后，拍摄工作也开始变得繁忙了。一天之中辗转两个城市也是常有的。为了节省一些出差的费用，我通常会选择深夜起飞的廉价航班。夜晚的困倦在经济舱的座椅上得不到缓解，睡眠质量严重下降，第二天满身疲惫。飞得多了，也慢慢习惯了这种节奏。一个人拖着沉重的箱子行走在夜色中，陪伴我的是一架又一架轰隆呼啸的飞机和一场又一场的深夜告别。

在这个暴雨倾泻城市的夜晚，我遇见了杨慧。

3

雨没有丝毫要停止的意思，我不紧不慢地整理行李，想着今晚飞机怕是又要延误了。进到机场大厅查看航班，果然晚点两个小时。我托运了行李，找到一家咖啡厅坐下，想着怎样打发余下的时间。

看了一会儿书，觉得实在无聊，瘫坐在靠背上，漫无目的地打

量着机场里的旅客。这个时间的机场人不多，周围也算安静，人们要么带着行李匆匆走过，要么坐在椅子上，一脸疲态。身后女人的哽咽声打破了无聊的等待，我侧身看去，是一个穿着航空公司制服的女人。她背对着我，对面是一个穿着笔挺西装的男子。虽然只隔了两张桌子的距离，但他们说话声音很轻，我听不到对话内容。女人的背影很清瘦，身体伴随着抽泣微微颤抖着，左手捂着脸，右手在衣角上不断地揉搓着。西装男子眉头紧锁，表情凝重，突然抬头看了我一眼。我尴尬得赶忙把目光移开，再回头的时候男子已经不见了，只剩下女人自己坐在那里哭着。男子走远了，女人如释重负地趴在桌子上，双肩颤动的幅度更大了，看着有些让人心疼。

我鬼使神差地走上前，拍拍她的肩膀，递给她一张纸巾，她抬起头，我才看清她的样子。清瘦的脸庞上挂着泪，眼睛红肿着，细且长，眉头一颗小痣，在白皙皮肤的衬托下略微显眼。她咬着嘴唇对我说了声"谢谢"，用纸巾擦着眼睛，低下头继续哭起来。我不知道她正在经历着怎样的伤痛，也不知道如何安慰她，想要说些什么却不知从何说起，只好慢慢退回自己的座位。

翻开书，却没有心思读下去。我好奇，好奇他们之间的谈话，好奇这个姑娘，我不得不借助想象编排着不同的答案。或许这就是人的窥探欲吧，虽然我总把它说成是职业习惯。广播响起，我合上书起身离开，转头发现女人早已不见了踪影。我想，这又是一个在生命中转瞬即逝的插曲而已。

穿过通道，来到舱门口，我把登机牌交给等待的空姐。

"先生，您的座位在左手边。"她把登机牌交还给我，抬头的一瞬间我愣住了,她就是刚才在咖啡厅遇见的女人。她对我点了一下头,示意我继续前行。匆忙中,我迅速瞥了一眼她的工牌,她叫杨慧。

4

飞机起飞,我再一次离开地面,或许是下了一整天的雨,或许是那一幕陌生的眼泪,今晚的飞行总有些伤感。飞行平稳后,空姐推着车子过来发放零食,走到我身边时多塞给了我一包,抬头一看,原来是杨慧,我会意地笑笑。看着她身穿职业服装的背影,联想着刚才的泪水,有点割裂的感觉。我戴上耳机,转向舷窗,只有一片漆黑,同样的黑夜在空中看的感觉会不太一样——更空洞,更不安,更魅惑。半睡半醒间,杨慧再次走过来,蹲下身子悄声对我说:"刚才真是谢谢你。"

我坐直身子,揉了揉眼睛说:"不客气,毕竟我也没做什么。"

"至少让我感觉不那么孤独,还有人会帮助我。"

事实上,我对她一再表示感谢的行为确实有些不解,我只是给了她一张纸巾而已,或许她就是比较看重别人的善意吧。

"你是在出差吗?坐这么晚的飞机?"杨慧问道。

"啊，对，要去 A 市做一个摄影计划。"

"你是摄影师？"

"算是吧。"

"那一定经常飞来飞去吧，你这种工作一定很忙。"

"是啊，每次都要赶时间。"我没说选择深夜航班的真正理由，"有机会我也给你拍一组吧。"

"你们摄影师都是这么搭讪的吗？我可早就不是无知少女了。"

"所以才想找你，我觉得你是个有故事的人。"

听到这句话，杨慧的脸色沉了一下，虽然只有一瞬间，马上就变回职业笑容。"好啊，拍完以后我请你吃饭。"

杨慧起身离开，我也渐渐睡了过去。

5

飞机降落，抵达 A 市。杨慧送走了飞机上的乘客，做完交接工作，打了一辆出租车。经历过不同机场、车站、酒店的来回切换，走过的城市越来越多，杨慧深知，陌生的善意是短暂的，深夜的孤独才是长久的。

坐在车的后座上，疲惫和困倦一股脑儿地袭来，换作别人，此时一定分外想念家里舒服的床和温暖的浴缸。但杨慧没有，她不想回家，不想回到那个她想尽办法逃离的地方。

杨慧的母亲在她很小的时候去世了。对杨慧来说，母爱是她从未感受过的奢侈品。记忆中的母亲大部分时间躺在床上，身上盖着白色泛黄的被子，手上插着透明的管子。有一次母亲好像有些精神，带着杨慧在院子里玩，母亲给杨慧折下一朵粉红色的牵牛花，戴在杨慧头上。这就是记忆中母亲最慈爱的瞬间，仅此而已。

没有回忆，也就没有痛苦。

杨慧早就习惯了和父亲相依为命的生活，只是这种生活她不喜欢。杨慧的父亲是一个赌徒，职业赌徒，每天早上起来就会去附近的麻将馆，一直待到晚上，有时还会通宵不回家。赌场无常，有赢有输。赢的时候少，输的时候多，这是定律。杨慧不喜欢父亲赌钱，但是非常希望父亲赢钱。赢了钱，父亲的心情就会好，会给杨慧买一些零食、发卡之类的小礼物；输了钱，父亲回家就会沉着脸，对杨慧更是非打即骂。

从小杨慧就学会了自己照顾自己，虽然有父亲，但生活中的她却像一个孤儿。自己做饭，自己洗衣服，没有家长会，没有游乐场。大学的学费，是杨慧用争取来的奖学金支付的，即便如此，她还要出去做兼职工作，补贴自己的生活开销。适合大学生的工作不多，和很多同学一样，杨慧的兼职工作是做一名家庭教师，每周三天，上门教课。杨慧服务的这家有三口人，男主人四十来岁，杨慧不知道他的名字，只称呼他范总。女主人总是工作到很晚，杨慧没和她说过几句话。在家里的大部分时间女主人会戴着蓝牙耳机，嘴里念叨着纳斯达克、沪深股指什么的。这家的小女儿就是杨慧的学生。小女孩很喜欢杨慧，每次上课都会拉着杨慧一起玩爸爸给她买的各种玩具，一边玩还会一边讲解这些玩具的来历，这个是爸爸从美国带回来的，这个是爸爸从日本带回来的。小孩子表达喜欢的方式恐怕就是这样，与你分享她的心爱之物。杨慧之所以能放任她在上课时间玩耍，是因为杨慧自己也对这些从未见过的玩意儿充满好奇。小女孩的房间像一个时光胶囊，把杨慧孩童时所有的梦想都装了进去，现在才刚刚开启。

一次杨慧开玩笑地问小女孩喜欢爸爸还是喜欢妈妈，小女孩欢快地回答："喜欢爸爸，因为爸爸总陪我玩，妈妈工作忙，没时间陪我。"事实上，确实是范总在照顾着小女孩的生活起居，从不生气发火，永远怀有耐心。在杨慧眼中，他就是一个完美父亲有一天上完课后有些晚了，天都黑了，范总额外给了杨慧一些钱，让她打车回去。

"谁家的女儿爸爸不心疼？打车回去，也让你老爸安心。"

这句话刺痛了杨慧，她向往这样的家，向往这样的父亲。小时候的杨慧急着长大，长大了就能离开自己的家，离开父亲。抱着这样的想法一点点地成长，一点点地计划，直到后来她选择成为一名空乘人员，这样她就能离家远远的，把家安在天上，而不是这个冰冷的水泥盒子里。

到家了，杨慧下了车，站在家门口迟迟不愿进去。尽管从上大学开始，这个家对她来说已经越来越陌生了，但她还是没法彻底摆脱童年的记忆。她怕进到家门后又会面对父亲颓废的身影和无情的巴掌。尽管她已长大成人，但童年的经历早已化作了杨慧的条件反射，她踟蹰了许久，颤抖着打开了门。

　　家中空无一人，杨慧如释重负地舒了口气。她已经无法判断是没人的家，还是有赌鬼父亲的家，哪个更让她难过了，这种选择本身就是一种可悲的境遇。杨慧简单地洗了把脸，倒头就睡。床头放着母亲和自己的合照，照片里母亲抱着她，那是在杨慧六周岁生日时拍摄的。杨慧对母亲的记忆就停留在这张照片上，母亲对于她来说只是一个美好的想象而已，如果妈妈还活着，也许生活会好些吧。杨慧这样想着，沉沉睡去。

6

　　拍摄工作结束，一切还算顺利。除了模特的表情总是太过僵硬外，没什么好抱怨的。距离回程日期还有一天，我盘算着怎么消磨接下来的十几个小时。我想起了杨慧，不知道此刻她是否还在 A 市，可她是我在这座城市里唯一叫得出名字的人。拨通了电话，我犹豫着怎样开口，杨慧先打破了沉默："照片拍得怎么样啊？"从声音能感觉出她心情不错。

　　"还好，还好。你现在忙不忙？"我试探着问她。

　　"哈哈，工作完了闲不住了吧？我带你转转吧，这里我熟。"

"你是本地人？"

"土生土长纯天然，我过去找你吧。"

我在附近找了一家咖啡馆，等待杨慧的到来。随便找了一个靠窗的座位，打开电脑，浏览着这几天拍的照片，心思却无法集中。我好奇着这个姑娘，第一面，她失魂落魄，泪如雨下；第二面，她自信，职业化的优雅。我期待着这一次见面，猜想她生活中的样子，或者说她的正常样子吧。

7

放下电话，杨慧开始打理自己。今天原本是她休假的日子，可对她来说，她宁愿工作。同事基本在天上飞着，朋友也都有自己的事情在忙。正盘算如何消磨这一天的时候，接到了邀约的电话。尽管是陌生人打来的，但对她来说至少是个出门的借口。

杨慧如约来到了咖啡馆。运动鞋，鸭舌帽，白色T恤，牛仔裤，一副普通学生的样子。我合上电脑，招呼服务员过来。

"不用啦，咱这就走呗，在这儿待着有什么意思。"杨慧说。

我听话地收拾东西，起身和杨慧一起出了门。A市虽然是省城，但可玩的地方真不多。看了一座不知什么朝代的皇宫，拜了一尊不知什么时期的佛像。这座城市就像一个家道中落的煤老板一样——没什么文化，却凭空硬气得不行。杨慧提议去逛逛街，被我否决了。她想了想说，的确，现在的城市商场一样，建筑一样，道路一样，就连广场舞大妈选择的歌曲都一样，确实没什么好逛的。我对她说，但是人不一样，这就是旅行的价值。

瞎逛了一下午，我看出她有点后悔出门了。说起来，我和她的认识只是机缘巧合，彼此都不了解。那件让我们相遇的事件，我俩也很默契地都没有提及。夜色降临，我想这场略显无聊的旅程该结束了，看了看杨慧猜想她好像也有这个意思。刚准备说分开的时候，杨慧低着头突然说："我请你吃饭吧，我们这儿好吃的还是挺多的。"这话从开始到结束都显得有点突兀与匆忙，我看出她自己都有些惊讶，我迟疑了一下，还是答应了。

杨慧带我去了一家在当地还算有名的小菜馆，点完菜后，服务员问："两位喝点什么？"杨慧自作主张："来啤酒吧，怎么样？"我回答："我不太能喝酒。"她怂恿道："没事，少喝点。"服务员趁机说："先上着，喝不完可以退。"我无奈地点了点头，算是默许。服务员转身离开，卡座只剩下我和杨慧两个人。灯火阑珊，她想着可以离家再久一些，我想着至少这段时间有了消磨的去处。落地窗把我们与外面的喧嚣隔绝开来。而喧嚣很快又被突然降临的暴雨熄灭，雨水打在玻璃上啪啪作响。

"下雨了。"我自言自语。

"是啊，又下雨了。"

说到底，我与杨慧的相识不过是一场伴着暴雨的延误。人与人

之间相遇的契机被称为缘分。大概就是这样的时刻：你需要一些关怀，我刚好想要付一些善意出去。

8

会喝酒和不会喝酒的人最大的区别不在于酒量的大小，而在于是否清楚自己酒量的极限。现在我知道，我属于不会喝酒的人。几瓶酒下肚，身体的重心开始转换，脑袋像灌了铅，脚下像踩着棉，放进嘴里的食物我已无法分辨味道，杨慧的轮廓越来越模糊，甚至有那么一刻我开始怀疑杨慧是否真的存在，这个场景是否真的存在。我紧握了一下手中的杯子，冰凉坚硬的触感把我拉回现实，看着桌子边缘并排摆放的空酒瓶，觉得自己有点喝多了，在那些瓶子刚出现一半的时候就应该停止的。对面的杨慧用四只手指虚握着酒杯，举到灯光下仔细打量，她笑着，而我读不懂她的笑。一整天我们都有一句没一句地说着不痛不痒的话，尽管我已经从杨慧那里知晓这座城市的房价有多吓人，她的某个同事养了两只金毛寻回犬，手机客户端付款要比网页端更便宜，我依旧对面前坐着的这个虚影一无所知。

我喝干了杯中酒，对杨慧说："说说你自己吧。"

杨慧愣了一下，反问我："说什么？"

"那天在机场的事。"

杨慧突然好像清醒了一些，坐直了身子，抚着额头想着什么。短

暂的静默后，杨慧说："也好，反正陌生人知道了也没什么。"我不知道这句话是说给我听，还是她自己的。杨慧抬头问我：

"故事很长，确定要听吗？"

"现在我也没什么要去的地方。"

杨慧咬了咬嘴唇，开口招呼服务员过来。

"您好，女士，还需要点什么？"

"来瓶白酒。"

伴随着酒讲出来的故事都不会太糟，这是我总结出来的经验。此时此刻，她终于提起了我的兴趣。我点起一支烟，等待着……

9

杨慧说起了她的童年，她早逝的母亲，她那个爱赌钱的父亲。

还有她的发小——陈明。陈明是杨慧从小到大的好朋友，和杨慧家在一个小区。简单说他们之间的关系就是青梅竹马、两小无猜。他们一起上学，一起逃课，一起去铁道旁"压蹦儿"，一起被老师教育不要早恋。当然，对于早恋的指控他们从来没承认过，杨慧和陈明都觉得他们只是好朋友而已。不过在旁人眼里，他们之间的关系已经超越了普通的友谊。陈明为杨慧打过架，也挨过打；杨慧给陈明送过饭，也送过药。所有人都认为他俩最后一定会相恋，相爱，相守。他俩会风风光光地结婚，生下一儿一女，男孩会像爸爸一样率直，女孩会像妈妈一样贤惠，从此永远幸福地生活下去。这种期待慢慢变成真理，不容置疑。杨慧和陈明好像都受到了这条真理的召唤，却从未被感化。两个人像是貌离神合的情侣一样出双入对，让人猜不透他们的关系发展到了哪一步，只是对他们属于彼此这个事实深信不疑，一切又是那么自然而然，好像生活本该如此。他们从未对彼此说过"我爱你"，也从来没有以男女朋友称呼对方。他们好像都在等待，等待一个时机，一个名正言顺的时机。

这一等，就是十年。

大学毕业后，杨慧去了航空公司工作，飞离了这座充满童年回忆的城市。陈明继续读研深造，他在为将来做着更多的准备。生活的轨迹发生了改变，两人见面的机会越来越少。很快，陈明到了该谈婚论嫁的年纪。他的父母总是催促陈明赶快结婚，结了婚，心就踏实了。有时候，父母也会提起杨慧，但他们对杨慧的态度也是模棱两可。在陈明父母的眼中，杨慧这个姑娘还是不错的，作为儿媳妇也没什么不好，只是杨慧的赌鬼父亲让他们有点接受不了。陈明的父母是老派的知识分子，觉得女方应该家庭美满，这样未来的儿媳才会知书达理，善良贤惠。单亲家庭已经算是瑕疵了，更何况亲家公还是个只会打麻将，完全不顾家的赌徒。每次陈家父母提到这儿，陈明都会劝他们，杨慧很好就够了，又不是和她爸过日子，老两口也就稍微放心了，加上陈明现在确实没有更好的人选，他们也知道自己儿子的心意，就不再多说什么了，只是念叨陈明赶快把杨慧娶回家。

陈明只是一再推托，再等等。事实上，陈明现在对于他和杨慧之间的感情并没有十足的把握，曾经的自然而然现在也有了变数。上大学时，陈明想把他们的关系确立下来。杨慧总是推托：毕业后再谈，现在还不是时候。整个大学期间，杨慧和陈明都没有发展出新的恋情，陈明把他和杨慧的约定放进一个透明的玻璃罩子里，小心翼翼地精心保护着，生怕一不小心，就摔碎了。

毕业后，杨慧像出笼的鸟儿一样飞离了陈明的视线。陈明以为透过玻璃可以看到里面，清晰明朗，他以为他了解杨慧，可他终究只是了解杨慧的喜好兴趣。他并不了解杨慧的心，从来都不了解。

直到某一天，陈明好不容易让父母对他们放了心，他自己却再也无法安心了。他发现自己已经不认识眼前这个无比熟悉的"女朋友"了。

10

这天杨慧休假回家，刚进走廊就发现墙上用油漆写满了各种恶毒的话："杨老鬼还钱！""欠钱不还死全家！"杨慧赶忙往家跑，两旁的红字像滴落的血，刺激着她的眼球。跑到家门口，家门大敞，整扇门被泼满了红油漆，屋里一片狼藉，瓷质餐具全被打烂，碎片散落一地，显然是有人故意破坏的。从门外的标语中杨慧已经猜出事情的经过了。一定是父亲欠了赌债，债主找上门来了。

"爸！爸！"杨慧一边喊着一边寻找着父亲，即使对父亲有再多的不满，她还是不希望父亲遇上什么危险。走进客厅，看到父亲瘫坐在沙发上，目光呆滞。杨慧小心躲避着地上的碎片，快步走向父亲。

"发生什么事了？"杨慧摇醒父亲。

父亲苦笑了一声，"这次赌得大了，债还不上了。"

"打个麻将至于这样吗？跟他们好好说说，慢慢还就是了。"

"不是麻将馆的人，是高利贷。我太着急了，着急翻本啊。三天之内再还不上钱，就说要卸我一条腿，还说要把你……"

"你借了高利贷了？！你……借了多少？"杨慧一直以为父亲只是小打小闹，不会和高利贷这种危险分子扯上关系。

"10万……"

杨慧傻眼了。自己刚工作不久，家里也没有什么积蓄，这钱是万万拿不出来的。"现在能找人借到钱吗？"明知没希望，杨慧还是问出了口。

"要是有人愿意借我钱，我也不至于去借高利贷啊。"

"报警呢？找警察的话肯定有办法吧。"杨慧试图抓住最后一丝希望。

"找警察有什么用？无凭无据，也不能把他们抓起来。就算抓起来，等他们被放出来了，咱还能有好下场吗？"

杨慧彻底没办法了。跟同学朋友借钱怕是没有结果，她的同龄人也都处于大学刚毕业的年纪，肯定不会有什么积蓄。而亲戚，就更不行了，他们平日里躲自己家都来不及，更别提借钱了。杨慧说不出自己为什么这么着急，她不爱父亲，甚至有些恨他。如今父亲落得这样的下场，她却一心想救他。

她不是善良，也不是心软，她只是不想让这个原本残缺的家，这个母亲留下的家就这样败了。

现在不是慌乱的时候，想想，再想想。杨慧努力让自己冷静下来。这时一个名字划过脑海，杨慧掏出手机，在通信录里查找着。她知道，现在只有这个人有能力帮她，但她心里清楚恐怕是行不通的，但不管怎样这是她最后的救命稻草了。想着，想着，杨慧拨通了电话："喂，范总，我是杨慧。"

11

放下电话，杨慧长舒一口气，她不清楚自己此刻是否应该放心。看着破烂不堪的家，看着快与沙发融为一体的父亲，脑袋里闪现着母亲的影像，过去的影像，还有自己……杨慧摇摇头，她知道此刻不应该陷入难过的心事里，她也不想陷进去，说到底她清楚这种情绪是奢侈品，她连一个人难过的资格都没有。杨慧卷起袖子，拿起扫把，开始清理这个家，一直忙到深夜。相比同龄人来说，杨慧即便再早熟，她终归还是一个年轻的姑娘，她还是会害怕、会忐忑，打扫干净后，她实在无法入睡，也不敢入睡，呆呆地坐在窗台上，直到东方泛白。

而杨慧的父亲一大早就出门筹钱去了。一夜没睡的杨慧一个人守在家里等候那一丝希望，她不知道范总是否会帮她。电话里范总只是匆匆说道："知道了。"就没了下文。也许此时范总已经把她的号码拉黑了吧，杨慧这样想着。有谁会相信一个许久未联系的人呢？何况还是借钱这么敏感的事，果然还是太天真了。杨慧走到卫生间，用冷水洗了几把脸，想让自己清醒清醒。杨慧双手搭在洗手池边，布满血丝的眼睛盯着镜子里的自己，水珠从发丝滴落，溅在手背上，扩散、凝聚。会有办法的，她给自己鼓劲。

　　门铃响了，杨慧打了一个激灵，刚刚给自己打足的气一下子泄掉了，她害怕，害怕门后是一群凶神恶煞的债主。门铃继续催促着。杨慧控制不住发抖的身体一点点移步到门口。透过猫眼，她悬着的心放下来，她看到了范总。打开门的一刹那，范总就问："你没事吧？有没有受伤？"看着范总慈爱的表情，杨慧鼻子突然一酸，眼泪就止不住了。

　　原来范总放下电话后，当天就买了来 A 市的机票，虽然杨慧已经把情况在电话里描述清楚了，但范总想来亲眼确认一下这不是一场骗局。

　　"怎么搞得这么严重啊，人没事就好。"范总安慰着杨慧。

　　杨慧站在一边抽泣着，一面感激范总的亲自到来，一面想着借钱的事，她还是没有十足的把握。她在心里盘算着：就算范总真的借钱给她了，这笔钱要多久才能还清？杨慧不想欠这个人情，但她没有别的选择。

范总把手搭在杨慧的肩头，"钱的事你不用操心，有我呢。这么大的事不能让你一个小丫头承担。"手的温度从肩膀传到心里，恰到好处出现的温暖显得那么可靠而踏实。杨慧僵在那里不知道该不该把身体移开，她有些享受这好似父爱般的温暖，同时也觉得有些不合时宜。陈明就在这时不凑巧地出现了。

陈明一早从学校赶回来，他听父母说起昨天杨慧家来了一群陌生人，乱砸了一通。还跟陈明说不要多管闲事，咱家可是正经人。陈明不听家里的劝阻，还是回来了。他步履急切，想象着杨慧看到他该有多感动。到了杨慧家，陈明看到门虚掩着，定了定气轻轻推门，却看到门里站着杨慧和另一个男人，一个从来没见过的中年男人，而男人的手正搂在杨慧的肩膀上。直到此时杨慧才回过神来，赶紧脱离范总的掌心。

陈明双手紧握杨慧的肩头，上上下下打量着。"你没事吧？没受伤吧？"杨慧扭过身子甩开了陈明的手，"我没事。"陈明警惕地看了男人一眼，继续追问杨慧："筹到钱了吗？"杨慧摇了摇头。"别着急，咱们再想想办法。"陈明宽慰杨慧。听到这，杨慧的声音突然严肃起来："别着急？明天人家就来卸胳膊卸腿了，还不着急？"陈明怎么也想不到自己的关心换来的是这样的回应，"我也是关心你，你干吗啊？"杨慧好像意识到自己有些反应过度了，态度缓和了下来。"能想什么办法，凑钱呗。这种事躲得了初一也躲不过十五。"站在旁边的范总看着手机询问杨慧："钱打到你卡上就行了吧？"没容杨慧回答，陈明继续质问杨慧：

"他是谁？"陈明猜到了，杨慧已经从中年男人那里弄到钱了。

"这是范总，以前我给他孩子当过家教，是来帮我还债的。"

"范总？我怎么没听说过这个范总。你跟他到底什么关系？"

"你什么意思？"

"什么意思？你知道什么意思。上大学以后你就对我爱搭不理的，出事了也不找我，我倒想问你什么意思。"

范总不想参与眼前的这场争吵，对杨慧说："我出去等你，钱应该很快就会到账。"

杨慧还没来得及回应，范总已经出门了。

"说啊，你为什么不来找我？说啊。"陈明不依不饶。

"找你？找你有用吗？你有十万块吗？"杨慧被陈明一系列的无端指责激怒了。

"我没有，我可以跟家里商量啊。"

"你爸妈恨不得我爸赶紧死，能出钱救我爸？"

"那你也不能为了钱就……"话刚说出口，陈明就意识到自己说错了。

"你走吧。"

陈明还想解释什么，杨慧已经转身进了里屋，关上了房门。

12

"你男友会不会太敏感了？"我觉得杨慧的故事可能有夸张的成分。

"他不是我男友，从来都不是。"杨慧再次喝干了杯中酒。

"那你现在还是单身？"

"也不算是。"

"怎么讲？"

"别着急，会说到的。"

范总的钱顺利划到了杨慧的卡上。杨慧既感激又惶恐，她知道事情没有这么简单，没人会随便帮助别人而不求回报。只是她不知道范总想要的回报是什么。后来陈明又找过杨慧两次,结果都不欢而散。日子就这么一天天地过着，泛起的尘烟慢慢落回地面，一切终于又回归平静。

杨慧和范总恢复了联络，范总时不时会询问杨慧的近况，还是否需要别的帮助，却从未对杨慧要求什么。这样的行为让杨慧觉得自己遇到了生命中的贵人，是幸运，是缘分。杨慧想着一定要把这笔

033

债还上，多加几次班，多赚一些钱。

杨慧还是离地远远地在天上飞着，现在她想换个工作了。她发现无论怎么飞，她也只是一只风筝，有一根连在家里的线束缚着她。她不想做风筝，她想做一只鸟，自由地飞。

风筝线还是把她拽了回来。杨慧的父亲病倒了。医生说他长年生活不规律，饮食不均衡，积劳成疾，肚子里长了个瘤子。年纪大了，撑不住了。

杨慧再次见到父亲是在医院的住院部。父亲像母亲一样躺在床上，身上盖着白色的被子，不知是睡是醒。杨慧站在病床前，周围的一切开始变得扭曲旋转，汇聚成一个巨大旋涡，杨慧站在旋涡中心，旋涡把她带回了六岁的时候，那些尘封已久的记忆像是牢笼里的猛兽，张牙舞爪地扑向杨慧。也许父亲会死，杨慧想着，矛盾着。

杨慧找到医生，问医生该怎么办。医生说，只能动手术，需要钱，想办法吧。杨慧问多少钱，医生说，十万块。

也许这就是天意吧。父亲的命终究要交待在这十万块钱上。

杨慧回到病房，没有悲伤，没有焦急，这只是一个需要亟待解决的问题，她会想办法，但对结果却并不关心。

病床上的父亲慢慢睁开眼，看见杨慧，眼睛里掠过一丝喜悦。

"你来啦。"父亲强撑着坐起来。

"大夫说……"

"不用大夫说，我知道。我自己的身子骨我能不清楚吗。我这是快到时候了。"父亲轻描淡写地说着自己的生死，反而让杨慧有点可怜他。

"你妈走后，我也没照顾好你。你恨我也好，不恨我也罢，过去的也没法挽回了。有件事，我得告诉你。"说着父亲从枕头下面窸窸窣窣地掏出一张叠着的手帕，一层层打开，露出一个破旧泛黄的存折。

"这是你妈还在的时候攒的，她说每年都存点，留给你以后当嫁妆。你妈走后，我更不想让你受委屈，可我也没别的本事，就想把这钱变多点。可惜现在连本钱都没剩下多少了。现在留给你吧。"

杨慧从父亲手中接过存折，慢慢打开，开户人写的是妈妈的名字。前几页都是妈妈的存款，每笔数额都很小，但是从未转出过。终于客户名字变成了父亲，时间正是妈妈去世的那一年。有存款，有取款，存的钱越来越少，取的钱越来越多。最后日期停留在一个星期前，有一笔存款。

眼泪从眼角滑落，落在这几张薄薄的纸片上。这张存折保存的不光是一串串的数字，还有父母穿越时空的爱。杨慧想起坐在妈妈腿上拍的那张照片，想起爸爸有时候还会带她去游乐场，给她买所有她喜欢的零食。这些美好的回忆被冷漠屏蔽了，取而代之的只有放大的痛苦。她想起儿时的一个午后，杨慧问父亲，妈妈呢？妈妈去哪儿了？父亲久久说不出话，只是摸着杨慧的头。在杨慧的记忆中，是父亲的不负责任让母亲过早地离开，现在她醒悟，这是她一厢情愿相信的事实。爸爸和妈妈都在用自己的方式守护着她，只是距离太过遥远，太容易被时间淹没。而记忆是最不可靠的，它没有实体，似是而非地存储在我们的头脑里，隐蔽着，夸大着，变形着，它永远无法还原事情的真相，像一只听话的狗，一只仅会讨好主人情绪的狗。

杨慧把存折交还给父亲，"这点钱当嫁妆根本不够，你继续攒吧。"

从医院出来，杨慧想着怎么凑这笔钱。她只有一个办法。

13

杨慧站在门口，抬起手，又放下。这是她最后的办法，也是她唯一的办法，她害怕这条路走不通，也害怕这将是一条不归路。踟蹰了许久，杨慧按下了门铃。

门开了，门里站的是范总。"是杨老师啊，快进来，快进来。"

杨慧点了点头，径直走进客厅。范总关好了门，随后跟了进来。

"你来得真巧啊，孩子跟她妈回姥姥家了，我正要出去找饭辙呢。你要是再晚来一会儿，家里就没人了。哎，你坐，你坐。"

杨慧僵硬地在沙发边缘坐下，想着该如何开口。

"怎么样？最近还好吧，工作忙不忙？"

"不算忙。"杨慧的声音小得好像只有她自己能听见。

"你父亲那边怎么样？"

"不太好，他病了，需要做手术。"杨慧条件反射地回答着。

"这样啊，你别着急。有什么需要帮助的尽管说，有我呢。"

所有压抑的情绪在杨慧心里不停翻涌，杨慧用力咬着嘴唇，她不想哭。可泪水还是情不自禁流了下来。

"我真不知道该怎么办了，我实在没有办法了，没人能帮我……我真的没办法了。"杨慧低着头自言自语着。

范总起身坐到杨慧身边，握住杨慧的手。

"别急，会有办法的。会好的，会好的。"

这一刻，杨慧像只受惊的小猫，在主人的安慰下渐渐平静，她感受到从未有过的踏实，从未有过的松弛，也许终于不用她独自承受了。

她闭上眼睛，把头慢慢靠在了范总的肩上。

一夜无话。

14

"一夜无话什么意思？"我都快从座位上跳起来了。"意思就是，你懂的。"杨慧叫服务员过来，追加了几瓶酒。

时间已过午夜，窗外已经看不到行人，远处一盏路灯孤零零地亮着，每隔几秒钟就会节奏稳定地闪烁几下。雨渐渐停了，路上的积水倒映着闪烁的灯光。我从未想过在机场时的一个无心之举，会牵出这样一段故事。实话实说，这不是我听过的最曲折，也不是最狗血的故事。我之所以能被这件事吸引，一方面主人公就坐在我对面，另一方面她看起来做错了什么，又好像并没做错什么。她只是在自己的路上努力向前走着，脚下却伸出一双双手阻碍着她，把她引向了截然不同的方向。

"所以你说你没有男友，却也不是单身。"

杨慧点了点头。

"那你跟范总是……？"

"情人。难听点说就是小三。"

"是因为那些钱吗？"我知道这个问题有些不妥，但我想不出更准确的表述。

"不是因为钱。是对我的帮助，对我的照顾。我不是为了还债或者报恩，我是真心爱他。"杨慧伸手向我要了一支烟，随手点燃，深深吸了一口，从肺循环，吐纳出来。她把自己笼罩在烟雾里，好像这样就能隐藏起来。

"我的生活不用他养我，我有自己的工作。他每次来出差，我们才会见面。跟他在一起，我觉得特别踏实，什么都不用想，都有他呢，他太可靠了。我不幻想他能为我离婚，我不是无知少女。现在这样就挺好，我觉得，我终于算是有个家了。"杨慧掐灭了烟，站了起来。

"走了，摄影师。希望你明天一路顺风，不对，坐飞机不能顺风。反正就那个意思吧。"

"我还没给你拍照呢。"

"下次吧。"

"不是说再也不见吗？"

"这种事，谁说得准呢，随缘吧。"

杨慧出了门，朝着与路灯相反的方向走去，慢慢消失在夜色里。

我掏出手机查看时间，还来得及去机场。回想着无聊的白天和波澜起伏的夜晚,感觉这一整天真是太梦幻了。尤其是杨慧的戛然而止，平添了好几分的戏剧色彩，我有些恍惚，脑袋里突然传来一句话——"即使往来数十个城市的飞行，而我们过了今晚，就没有明天。"或许这就是旅行的意义吧，与人相识，进入他们的生活，感受他们的脉搏，并且可以随时退出，归位于自己的生活。

"先生您是付现金还是刷卡？"

15

距离那晚的对话，大概过了半年，繁忙的工作堆砌着我的生活。闲下来的时候，我总会想起杨慧，我想知道她的近况，我想知道故事的后续，可惜杳无音信。我曾想过主动给杨慧打个电话，可又觉得太唐突了，于是作罢。

直到有一天，我收到一个陌生号码发来的信息。

"我是杨慧，这是我的新号码，常联系哟。"

一看就是群发消息，也就没有在意。铃声又响，还是这个号码。

"摄影师，最近怎么样？"

我随便敷衍了几句，把好奇心先按住。

"你呢？你怎么样？"

"我辞职了，不飞了。"

"这个还挺意外的。那你接下来有什么打算？"

"我要结婚了。"

"跟范总？"

"哈哈，怎么可能。我跟他早就断了。"

"什么情况？"

"你知道的，我没想要什么名分，只想过上踏实的日子。可没想到他在外头还有别的女人，干脆就算了。"

"也好。"我知道这种事长久不了，只是没想到会这么快。

"再来 A 市请你吃饭，这回真请。"

"好啊，我一定去。"

放下手机，长舒一口气，像所有主流影视剧一样，波澜过后，结局看起来总是好的，生活最终归于平静。人们常说影视剧是夸张的、戏剧化的，但在我看来，真实的生活才是最戏剧化的。因为生活没有剧本，也没有彩排，一切都是即时经历，不能准备，不能预习，也不能复习。而所谓的结局也只是一个节点罢了，故事怎么发展，或许像蝴蝶效应，一触即发；或许像一把水壶，水满则溢。一触即发也好，水满自溢也罢，我们都无法猜测，甚至连推测都不可以。

而最终的结局只有一个，就是尘归尘，土归土，我们把生命彻底耗尽了，故事才会真正完结。

16

"能赶在暴雨前进来，您也算是幸运啊。"我抬头看着窗外，雨点冲锋似的撞在玻璃上，粉身碎骨。

"味道怎么样？还合胃口吗？"

我点点头，说实话，这顿饭还真是意外地不错。

"我答应过请你吃饭，没食言吧。"杨慧一边支走服务员一边对我说。一年多没见，她变了许多。头发剪短了，脸上化着淡妆，穿的衣服不知道是什么牌子，但看上去很舒服。她稍显吃力地慢慢坐在我对面，微微拧起的眉头待坐落安定后舒展开来，她的表情很柔和，嘴角笑起来的弧度很舒缓，既不是空姐的职业笑容，也不是幸福满满的笑容。怎么形容呢，不愁苦，不冰冷，也没有过度的喜悦，单纯的柔和，像她衣服的材质。我尽力捕捉她的所有表情，生怕自己漏掉什么，四次见面，面面不同。"快吃啊，凉了就不好吃了。傻看着我干什么。"

"电话里你都藏着不说，快给我讲讲都怎么回事啊？"

"哈哈，你总是这么好奇，小心好奇害死猫哦，你吃啊，怎么又停了，饭要趁热吃，不耽误你听故事的。"

杨慧父亲的手术很成功。由于发现得早，并没有扩散的迹象，只是需要住院一段时间。其间，杨慧来过几次，每次父亲都要问杨慧哪儿来的钱做手术。杨慧随便编个理由搪塞过去。父亲不知道范总的存在，也不知道杨慧为了守住这个家付出了什么。

而范总那边也没有要求过杨慧还钱，还时不时地总要给杨慧一些经济上的帮助，生活压力算是缓解了许多。但杨慧心里清楚，欠着债，两个人的关系就没办法平等。欠着债，就没有办法心安理得地生活。杨慧想独立，想自由，这是她最大的愿望。于是杨慧更加勤奋地工作，同事不愿意飞的航班，她去飞；同事请假过节或是游玩，她来顶。杨慧的双脚离地面越来越高，落地的次数越来越少，而父亲就没有办法亲身照顾了，她只好拜托亲戚。

这样的日子没过多久，杨慧发现了范总的其他恋情。对于杨慧来说，虽算不上是晴天霹雳，但内心还是被撕开了一道口子。杨慧可以忍受当小三，但怎么也接受不了被小三，于是她跟范总的恋情寿终正寝。杨慧飞着，飞着，继续不断地飞着，她努力增加着自己的积蓄。可生活还是不顾情面地逆风袭来。有一天债主出现了，不是范总，是范总的妻子。这个精打细算的女人对范总的婚外情完全不干涉。

"你不是第一个，也不是最后一个，而这个家永远是我当家。"这是女人的开场白。

"欠债还钱，天经地义。"这是女人的谢幕词。

从那天开始计算，杨慧已经有三个月没去过医院了。她忙，她没时间，她更不想让压抑的氛围和过往的回忆再影响自己。她想要一个人扛过去。

终于，杨慧还清了所有的债务。这段对她来说并不骄傲，也不后悔的生活算是结束了。她辞职了，单位领导问她辞职的理由，杨慧说，该着陆了。

从单位出来，杨慧买了一个果篮，来到医院。她不能告诉父亲实情，但可以和他分享自己此时的轻松。

推开病房的门，父亲的床前坐着一个年轻男子，背对着门。杨慧认识这个背影，她不想面对这个背影的主人。杨慧快步走到父亲床头，"我三叔呢？"杨慧问父亲。"早走啦，南方有个工友给他介绍个活儿，他就去打工了。""我不是让他照顾你吗，我也给他开工资了。"杨慧对三叔的行为很是气愤。事实上，杨家人在杨慧父亲赌博之后就渐渐疏远杨慧一家了，杨慧三叔也是看在钱的面子上才答应照顾病人，可最后还是走了。

"你一个人住院，没人照顾怎么行啊。我直接请个护工吧。"

"不用，不用，这几个月小明隔三岔五就来看我。我现在也不用特别照顾，我又不是残疾人。"

小明就是陈明，杨慧青梅竹马的发小陈明。

门口传来护士的声音："六床，来检查。"

杨慧父亲回答："来了。"边说边下床往外走，"到我了，你们慢慢聊。"

病房里只剩下杨慧和陈明两个人。尴尬的沉默持续了几分钟，杨慧开了口：

"谢谢你了。"这是几个月来杨慧第一次和陈明说话。

"没什么，也不费事。你工作那么忙，我没事就来看看。"两个人再次陷入沉默。这次是陈明先开口：

"钱，还清了吗？我现在毕业工作了，我可以帮你了。"

杨慧摇了摇头，"还清了，都还清了。"

"那你跟那个范总，还好吗？"陈明小心翼翼地问着。

"我和他原本也没什么关系，帮了我一把而已。"

杨慧把这段经历一句带过，她选择欺骗陈明，她不想再伤害他第二次。

"当时我太冲动了，我只是以为咱俩会……"

"我懂，我懂。"杨慧打断了陈明，好像有些话不说出来就不是真的。

陈明明白杨慧的意思，断掉的线，接上就好了。不必追究是怎么断的。

"现在债还清了，工作会轻松一些了吧？"

"我辞职了。"

"为什么？"

"飞够了，想家了。"

17

"然后你就跑到这儿来开饭店了？"我边问杨慧边从兜里掏出烟盒。"我们这里现在禁烟。"杨慧没有回答我的问题。

"没听说这规定啊？"

杨慧指了指肚子，"我规定的。"

我猛然想起之前的信息，"你说你结婚了，就是跟陈明？"

杨慧笑着点点头。

"说说吧。"

"也没什么好特意说的。经过那件事，我终于明白我想要什么了。我缺少的不是父爱，也不是照顾。是家，是踏实，真真切切的踏实。而这些他都能给我。"说完杨慧把头转向了饭店的柜台。我顺着她的目光望去，一个和杨慧年纪相仿的男人站在柜台后面拿笔写着什么。男人察觉到了杨慧的目光，抬头微笑了一下。看得出，他很幸福。

"结婚后，我俩贷款开了这家饭店。我老公说，既然不飞了，就干点接地气的。"

"那你俩应该淘下水道去啊。"我打趣道。

"讨厌。"杨慧笑了。我第一次见到她真正的笑，不是那种空姐职业性的微笑。想到空姐，我明白了。

"怪不得你这里的装饰都是飞机什么的，是怀念吗？"

"是回忆吧。"杨慧说完站了起来，"以后再来 A 市就到我这儿来吧，给你打折。"

"你不是说请我吃饭吗？"

杨慧端走了我眼前空空的砂锅，"请完了啊。有些债，不能记一辈子。"

我看着杨慧慢慢走到柜台旁，跟陈明说着什么，两人都没有看向我这里。

只是站在那里。我从包里掏出相机，想记录下这个画面，想了想，又把相机收了起来。推门出来，点上烟，回头看着。杨慧从屋里隔着玻璃向我挥手，嘴里似乎还说着什么。我也向她摆了摆手。

从那以后我再也没见过杨慧。她以一串数字的形式存储在我的手机通信录里，我从没主动拨打过，也不打算按下拨通键。我想把故事的结局定在这里。

年龄大了就渐渐懂得，很多事情是无法用对错去衡量的，也没有人可以评判另一个人的选择。我只希望杨慧幸福。至少在我的记忆里，她终于过上了她想要的、安稳的生活。

深 夜 飞 行
THE NIGHT FLIGHT

Ⅱ 曲 童

一个人的自卑，会在其爱慕的人面前被无限放大。哪怕是外表开朗、神经大条的人，也会被太遥远而不可实现的倾慕，激发内心最深处的退却。

1

"三、二、一，Action！"导演用临时卷起的报纸当作喇叭，高喊着。

男主角双手插在兜里，站在画面的黄金分割点上，"我们分手吧，我们之间是不会有结果的。"

女主角用手抓着衣领，哭诉着："为什么？我们不是说好了要做彼此的天使吗？"

男主角："本来不想告诉你，其实，我们是失散多年的兄妹。"

"卡！"导演把头从摄影机后面探了出来。

"又怎么了？"男主角的状态瞬间从韩剧穿越到晨间剧。

"天使哥，咱能不能走点心啊，斯坦尼斯拉夫斯基说过——"

"打住。我说我演不来，你非让我演。"

"再来一条，再来一条，天使哥，你行的！"

人物归位，打板开机。

"我们分手吧，我们之间是不会——"轰的一声，天崩地裂，所有的人都在下陷，降落……

惊醒，又是一场噩梦。摘下眼罩，定定神，座椅上的人们全部静止着，画面定格，只有我一个人在左右摇晃着脑袋，像是电影《超市夜未眠》的场景。低头看表，秒针还在移动，叹了口气，特异功能这种事就不要妄想了。飞机的引擎在嗡嗡作响，又是一次深夜飞行。

戴上耳机，回想着刚才的梦境，那是一段学生时代不堪回首的往事。我被同学拉去当短片男一号，演了一个蹩脚的角色，这段无法抹杀的回忆成了我憎恨互联网的唯一理由。看看时间，还有一个多小时飞机才能降落。点亮面前的屏幕，找一部电影消磨剩下的时间。《天水围的日与夜》，就你了。

2

天气预报一点也不准，明明说不会降温。我竖起衣领，站在寒夜中瑟瑟发抖，等待着机场巴士。

"天使哥！"我隐约听见一个让我厌恶的名字，当然未必是在喊我。"天使哥！"再次听见，我四处张望着，看到不远处有一个人在朝我挥手，用这个名字称呼我的人，只有一个。那个人拖着行李踉跄地跑过来，一个用灰色呢子大衣把自己包裹起来的女孩，她叫曲童，我管她叫导演。

"你也刚下飞机啊？"

"啊，是啊，这么巧。"

"你去哪儿啊？"

"市区。"

"正好，你也别等大巴了。我男朋友开车来接我，顺道带你过去。"

"不用了，怪麻烦的。"

"走吧走吧，天这么冷，傻站着干吗。"

我被她拽着往停车场走去。说起来，我和曲童并不算熟，她是我同学的朋友。我们之间唯一的交集就是那部不想提起的短片。当时曲童快毕业了，想拍摄一部短片，朋友就把我推荐给她，记得第一次见面，她笑得很夸张，捧腹说着："还真有人会叫这种名字啊，洛凡，

054

难道说你是落入人间的天使吗？"从那以后，从她的嘴里我再也听不到自己的名字了，只有这个让我无地自容的"天使哥"。但此刻，这个名字伴随叫它的创作者再次出现时，熟悉感、亲切感瞬间提升了一倍。人们好像总是这样，更准确地说应该总是有那么一个阶段，相处时总想走，走出时总想回。但我们心中清楚，即便什么都可以重来，唯独时光无法倒流。尤其是大学时光，那种突如其来的自由，又没有社会生活的复杂与压力，就连曾经让人头痛的学习都披上了放肆的光环。它太美好了，但这种美好只有在离开时才能真切地看到，但此时只有回味。更让人感到无力的是，当你越回忆越想念时，它就越用力地推开你。后来只剩下模糊的感觉，有时甚至是一切从未发生过的感觉。而旧时的同学是唯一的解药，有他们，便有了证明，鲜活真实的证明。所以才会怀念旧时的同学友谊，哪怕是并不熟稔的同学，也会亲切对待。

我们只是很珍惜自己的年少时光罢了。

放好行李，钻进汽车的后排，温暖得好像春天提前来了。

"这是我大学校友，天使哥。这是我男友，许安。你们——"

"这名字你一个人叫我就忍了，别再给别人推销了，好不好。"我停止手中的一切活动，赶紧打断曲童。

"你好，别听她瞎说，我叫洛凡。"

男人没说话，我也看不到他的表情，只能通过后视镜看到他的眼睛微微向下，推测他在笑。

夜幕下的北京不失白昼的繁华，通明的灯火把天空映成酱紫色。听着曲童自顾自地和男友说着出差时的趣事，一股暖流从心底升起，长久以来的深夜飞行，长久以来的机场大巴，第一次下飞机后，不再孤单。原来深夜飞行不只有离别，还有奇迹般的巧遇与重逢。

3

车停了。曲童招呼我下车，"走，吃点东西。"我推辞不掉，跟着他们进了饭店。借着屋里的光亮我才看清男人的样子。他很高，很瘦，面色有些苍白，蓄着长发，到肩部位置，有些自来卷的蓬乱。一身黑色，一脸忧郁。说好听点，有着颓废忧郁的诗人气质；说不好听，像个大病初愈的人。找到位子后，许安很自然地帮曲童脱下外套，挂在椅子上。再替她撕开一次性餐具的包装，分别摆好。曲童不顾男友的殷勤，大剌剌地坐下。

"咱俩有多少年没见了？"

"毕业之后就没见过吧。"

"时间过得太快了。哎，你们见过面吧？"曲童来回看着我和许安，期待着肯定的答案。

我摇了摇头。

"怎么可能呢？好吧，但你应该知道他吧。"

是啊，我知道，许安是在曲童嘴里吐出频率最高的名字。以至于当这个名字再现时，曾经的过往，那些曲童口中的故事，还有曾经的好奇都开始清晰明朗。每段记忆都需要一把钥匙，许安这个名字就是钥匙。

认识曲童包括今晚的巧遇如果说是缘分的话，那么见到许安才是命中注定。注定要满足我的好奇，注定要给我一个答案。这话要回溯到几年前我与曲童的相识，除掉那部蹩脚戏，大部分的时间我都在听曲童讲故事，她与许安的故事。

4

午后的太阳透过窗帘的缝隙照射进来，在墙上画出一道金色的线。微风把窗帘轻轻掀起，又小心翼翼地放下。天花板上的风扇有气无力地转着，确保热浪能袭向周围的每一个人。班主任坐在讲台旁的椅子上，低着头用红笔在纸上圈圈点点。身后的黑板残留着淡淡的水痕，角落里写着"距离高考还剩 313 天"。这里是曲童和许安的高中。

此时的曲童正把头埋在摞得高高的书本后面，偷偷看着租来的漫画书。对于来自斜后方的目光全然不觉。这目光来自许安。他就这么静静地看着，打开的课本被风吹动，一页一页地翻过去。翻过了故事的序章。

许安喜欢曲童，这不是什么秘密。尤其在八卦会以光速传播的高中女生中间。可曲童对此一无所知，因为曲童没有闺密，只有一帮听话的哥们儿。曲童从小就跟男孩子们玩在一起，像个假小子。在别的女孩摆弄布娃娃的时候，她在玩飞机大战、坦克超人，在别的女生凑在一起跳绳、踢毽子的时候，她挥舞着小拳头，追打男孩，直到他们钻进厕所才罢休。就这样一副天不怕地不怕的样子疯跑到高中，一跃成为班里的大姐头，有同学受欺负了，她还会打抱不平。她跟我说过，有一次她把隔壁班一个比她高半头的男生打哭了。虽然我曾怀疑过这件事的真实性，但我确实亲眼看到了她号令全场的气势——在那部蹩脚戏中，她有些粗俗却让人信服的魅力。这样的曲童跟女生玩不到一块儿去，那些闲言碎语也就没法传到她的耳朵里。尽管每当她和许安同时出现的时候，都会有女生在一旁窃窃私语，甚至指指点点。而单细胞的曲童未曾领受过专属于女孩子们的情愫探索，自然无法接收这种高难度的暗示，虽然身体在不断地发育，却依旧像个小孩子似的自在地上学、放学。

而许安，与曲童正好相反。和同龄男生比起来，他看起来过于消瘦，他对男孩子们玩的东西不感兴趣，对女生们玩的东西更不感兴趣，他总是一个人独来独往，陪伴他的只有一台 CD 机和一副心事重重的样子。当曲童第一次闯进许安眼里时,他那颗潮湿的心被瞬间照亮了，他所渴望的、缺失的东西好像都聚集在曲童身上。别人眼里曲童的鲁莽、幼稚甚至是粗俗，到许安这里全部转化为珍宝，他小心翼翼地收藏着。那一次闯入，便让许安的视线无法收回，这份埋藏在心底的情愫慢慢生长着，许安迟迟无法鼓起勇气向曲童告白，只能在远处静静地看着，对他来说，这样就足够了，就好像冬日里洒在肌肤上的阳光。

但人的欲望是只进无退的，尤其是与爱情相关时。许安希望一直看到她，恨不得她就长到自己的眼睛里，许安渴望着，琢磨着。以至于放学的时候，许安会像一个跟踪狂一样悄悄跟在曲童后面，跟着她回家，直至曲童进门无法再看到为止。终于有一次，曲童在路上无意间看见了许安，走过去跟他打招呼。

"怎么在这儿碰上啦，你这是上哪儿啊？"

"我……我……回家啊。"

"回家？你家不是在幸福大街吗？也不顺路啊。"看着许安惶恐的表情，曲童继续说，"你不会是在跟踪我吧。"

这句话可把许安吓着了，赶忙辩解："没有，没有，绝对没有。我是……哦……回我亲戚家。"

"你亲戚家住哪儿啊？"

"就在前头。"

"前头？前头就是河了，你亲戚是龙王？"

谎言被识破，许安只想快溜。"可能是我记错了。那我不去了，我回家了，再见。"转身一溜儿小跑。

在跟踪曲童这件事上，许安展现出了难得的坚定。没过多久，许安又开始跟踪曲童回家。曲童像往常一样往家踱着，突然天降大雨，由于没带伞，曲童只能临时在树下躲雨。雨越下越大，曲童想着要不就跑回家算了。正想着，从身后伸过来一把雨伞，是许安。

“你怎么又来了？”

“我看你没带伞，想……想借给你。”

“你甭说这个，我问你，怎么又跑这儿来了？你是不是跟踪我来着？”

“我只是怕你被浇湿了，感冒了。不是特意跟着你的。”

……

“当时我可真生气了，感觉莫名地被欺负了。”

“你果然还是太单纯了。”我给她下了定论，“后来呢？”

“后来我就把他打了一顿，踹了好几脚。我以为吧，这么三番五次地跟踪我，肯定不是好事，可能是有人寻仇，我就先下手为强。”

我想着一个男生被女生追着打的情景，忍不住笑出了声。人们常说少女情怀总是诗，可在曲童这里，我实在无法把她与诗联系在一起，对于许安来说她又是什么呢，我只能想到一个词——虚惊。

……

从那以后，许安再也不敢跟踪曲童了，他怕挨揍。曲童也为这件事紧张了好几天，发现没人上门寻仇，这件事也就不了了之了。

刚上高三时，班里重新选班长，大部分同学都怕麻烦，影响学业，没参加竞选，只有曲童承担了这个责任。大家不想当班长，最大的原因是班长每天都要早起来学校给教室开门，这把钥匙自然交到了曲童的手里。而这个无法细腻的女孩，虽然班主任千叮咛万嘱咐让她注意点，她还是把班级钥匙弄丢了。

曲童的班主任是个典型的中学老师，保守、苛刻、不苟言笑。钥匙丢了的那天，班主任把曲童叫到办公室训斥。从没有责任心，到作业不按时完成，再到早恋影响成绩，想到哪儿就骂到哪儿。委屈的曲童无法申辩，只好默默承受着班主任的怨气。这一幕被偶然经过的许安看到了。不知哪儿来的勇气，许安走进办公室对班主任说："老师，钥匙是我拿的。"

曲童和班主任都被这个突如其来的"自白书"惊到了，班主任扶了扶眼镜，冷笑一声说："许安我告诉你，你那点心思别以为我不知道，滚出去！"

"老师，真是我拿的。不是曲童。"

"哦，是你拿的？那钥匙呢？"

"我给扔了。"

"扔了？你为什么这么做？"

"曲童平时总欺负我，我想治治她。"

这时，上课铃响了。班主任站起身，弹了弹衣服上的褶皱。

"你俩回去上课吧。明天一人带五块钱来，配钥匙的钱你俩出。去吧。"

出门之后，曲童狠狠瞪了许安一眼，恶狠狠地说："许安，我记住你了。"

从此，曲童和许安再没有说过话，曾经的传言也渐渐平息。平静的日子就这么过着，像一池没有生机的水。

距离高考还有三个月的时候，学校大发慈悲地组织学生们出去郊游。

"学校的意思呢，就是缓解一下大家的考前压力，上星期市里就有个学生压力太大，跳楼了。虽然还有三个月就考试了，不过也不差这两天。大家就放松放松吧。"班主任在讲台上向同学们传达着上级精神。

同学们欢呼着，期待这两天一夜的旅行。虽说是旅游，其实也就是在省内的一个小景点瞎转两天，不过对于备考的高三学生来说，这已经是莫大的恩赐了。白天四处照相，花几块钱乘坐一些老旧的游乐设施。到了晚上，大家聚在条件还不如学校寝室的廉价旅馆里探讨人生。男生们在一起无非是吹牛打牌，女生们在一起探讨人生实际就是分享各种八卦。第一个话题就是老套的"班里哪个男生最帅？"这种话题永远讨论不出个结果，七嘴八舌地发表着各自的意见。不知是谁提起了许安，一直没说话的曲童来了精神，"可别提他，提起他我就来气。"话音刚落，屋里的姑娘们就"啊……"地起哄。曲童没想到自己的八卦初体验会这样被聚焦。她惶恐地看着四周，"怎……怎么了？我说错什么了？"旁边一个女生打趣道："童姐，你是真不知道还是装糊涂啊？他对你有意思。"曲童赶忙辩解："不会的，怎么可能！""这都是公开的秘密了，就你不知道……"屋里的女生们开始你一言她一语地说开了，曲童从一开始的据理力争到最后彻底失去了底气，虽然嘴里还喃喃地说着："不会的，不可能的，不可能的……"但她的声音越来越小，不知道她是在说给大家听，还是想说服自己。

曲童回想着许安的所作所为。也许他跟着我不是寻仇？也许他偷钥匙是为了引起我的注意？甚至说，他没偷钥匙，只是想替我背黑锅？

曲童胡乱想着，却没法给出答案。但在她心中，许安已经不是一副狰狞丑恶的面孔，她说不出这种感觉，好像心里有什么东西正在慢慢破土。

5

黑板上的粉笔字飞快地变换着，数字一点点减少，初夏时分，流火灼心。

曲童走出考场的瞬间，感觉自己的灵魂被抽离身体，只剩一副躯壳。生活失去目标，大概就是这种感觉吧，她这样想着。但这感觉转瞬即逝，曾经那些未实现的心愿，在隐藏的角落里攒动，炫耀着自己的存在。

高考结束，终焉，始焉。

考试之后的放松并没有想象中那么酣畅淋漓。上学的时候大家都期盼高考结束，然后大玩特玩，等到机会来了，发泄之后只剩下空虚和无聊。人生的下一个阶段还没开始，这段夹缝的时间像不曾存在过的隐藏地点一样，独立于轨迹之外。

　　这天曲童收到一个陌生号码发来的短信："我是许安，出来见个面吧。"

　　高考之后曲童再也没见过许安，想起出游时同学们说的话，曲童也不知道自己对这个男生是怎样的感觉。正想着，手机传来许安的第二条短信："也许以后我们就再也没有机会见面了。"反正他也不敢把我怎么样，曲童这样想着，就接受了邀请。

　　曲童到达约定的游乐场门口时，许安已经等在那里了。许安向她挥了挥手，曲童低着头快步走了过去。

　　"你想干吗？"曲童的语气略显冰冷。

　　"算是给你赔礼道歉吧，之前给你添了那么多麻烦。"

　　"不需要，没什么事我先走了。"曲童转过身去，大概有那么一秒钟的迟疑，期望许安叫她的名字，留住她，但这个想法稍纵即逝。

　　"曲童！"许安喊住了她，"你……我……我……你……游乐场……好玩……"

　　曲童转过身"噗"的一声笑了，"你到底想干吗啊？"

许安看着曲童半天说不出话，他第一次看见她在对他笑，那种能听见阳光沙沙声的笑，那种直击心房的笑。

　　"喂，喂，许安，许安！"

　　"我想看你笑，"许安赶紧捂住嘴，调整下呼吸又说道，"啊，不对，我……我说错话了，带你来游乐场，我就想……让你玩……"

　　曲童看着眼前好像坏掉的许安，又好气又好笑，心想：反正来了，就玩吧。

　　阳光下，两个年少的身影，一个厚重而绵长，一个伴随一声脆响，像一片新叶般缓缓舒展。

　　直到太阳西移，地面上映出两条长长的影子，时而分离，时而重合，该是散场的时候了。

　　曲童走在回家的路上，许安在后面不远的地方慢慢跟着。这条路是他们故事的开始，见证了许安挨女生打的惨痛往事。离家越近，曲童的速度越慢。她不知道今天算不算约会，心中有种懵懵懂懂的情愫拖着她的脚步。她等待着，却不知道等待的是什么。也许这又是一件很快被遗忘的心事。身后的脚步声急促起来，许安赶上了曲童，握住了曲童的手。

　　曲童感觉心跳迅速加快，脑袋一下子蒙了，她一时反应不过来，是拒绝还是握住，任由许安牵着。一向果敢的曲童第一次慌张，第一次这么不知所措，第一次小鹿乱撞，第一次有了她不懂的情绪，第一次有了心事。

6

曲童和许安把这段朦胧的感情带进了各自的大学。曲童考入了中国传媒大学，许安去了南方，进入了南京理工大学。两个人还保持着联系，在电话里分享着大学生活的趣事，对感情的事却只字不提。这样算是情侣吗？曲童不知道，她只隐隐约约地觉得她与许安之间有着一些特殊的联系。他们共同守护着一个虚幻的承诺，却不知道守护的结果是什么。

一年的时间很快过去，熟悉了环境，也熟悉了人，大学开始变得真正有意思起来，它开始改变着曲童。曲童蓄起了长发，换下了男生的衣着，她学会了化妆，学会了打扮，她试着从女生变成一个女人。她也有了自己喜欢的人，她觉得应该告诉许安。许安的反应很平静，"跟着你的心走吧，心走远了，我也牵不住。"

得到了许安的许可，曲童反而变得更加不安，她觉得自己好像做错了什么。她向许安提出分手，分手了，她才能心安理得。

"我永远是你的坚强后盾，我等你。"

曲童很快陷入了新的恋情，他总是牵着曲童的手，吻着她的头。曲童和许安分享着自己的恋情，许安像个闺密似的给她出谋划策。曲童觉得自己终于像个大人了，成熟地处理着自己的感情。很快，她也像大人一样经历了第一次失恋。

消息传到许安的耳朵里，他像她一样手足无措，像她一样彻夜难眠。许安买了机票，逃课从南京飞往北京。短暂的相聚，短暂的陪伴，却一点点降解着曲童失恋的余温。从那以后，两人的通话频率越来越高，通话时间越来越长。记得当年曲童说他们好像总有说不完的话，在他们之间好像不存在聊不来的话题。就是这一句话，让他们在我的心里罩上一层光环，这不就是传说中的灵魂伴侣吗？

那时我曾问曲童什么时候确定的关系，曲童说他们谁也没有刻意确认过，一切都是自然而然，他们就是男女朋友了。为了经营这份难得的爱情，许安每个月至少会来一次北京，带着各种各样的惊喜看望曲童。

曲童一脸幸福地讲着许安，讲着她的爱情，在我的记忆中他们的故事到这里被按下了暂停键，直到这次深夜里飞行的偶然相遇。

7

时间：凌晨三点。地点：北京。

我看着眼前幸福的两人，补完了我的记忆。毕业之后我再也没见过曲童，许安我更是第一次看到。对于他，我有种说不出的感觉，我隐隐觉得他没有曲童描述的那么简单。他的形象，和我的想象也有很大的差别。

"怎么样？我男朋友是不是很帅？"曲童搂着许安的脖子，满脸幸福地问我。我没回答，也没有必要对她透露我的真实想法。

"你们现在怎么样？"我岔开话题。

"现在很幸福啊。"

我被这幸福晒了一脸，彻底无语了。

曲童继续说："我知道你的意思啦，那就从毕业讲起吧。"

曲童和许安成了北漂。与很多在北京上学的人一样，毕业后都想在首都闯一闯。许安的专业和学历都不错，本来能在老家找到一份很像样的工作，为了和曲童在一起，他来到这座陌生的城市，重新开始。

我不会再放开你了。这是许安的承诺。

北京不好混。在这个上班族背负着过劳死危险的环境里，曲童迟迟找不到自己的定位。我知道，她不是怕吃苦，她只是不想做一份朝九晚五的枯燥工作。公司换了一又一个，同事没等熟悉就已经再也不见。旁人羡慕的稳定工作对曲童来说，是一种折磨。

许安对曲童表现出了巨大的包容，他没有像曲童一样一言不合就辞职，而是在一家公司隐忍着做下去，除此之外，许安还有一个在家就可以工作的兼职——网络写手。一方面是为了增加收入，另一方面许安有着更长远的安排，他太了解曲童了，甚至比曲童自己更了解，他知道在曲童没找到定位前是无法久居一座城市的，他只能用自己的妥协迁就曲童的漂泊。他努力支持着曲童，支撑着他们俩的梦。

许安的预言应验了，终于有一天，曲童再也忍受不了无休无止的单调工作，她也厌倦了频繁地跳槽，她不知道自己该做什么，此时考研的想法在她心里酝酿着。

"去读书吧。晚两年再工作。"许安一语道出了曲童的心思，这就是他们的默契，他总是懂她的欲言又止。"学个你喜欢的专业，以后再挑个你喜欢的工作。"许安的内心深处是渴望曲童能够稳定下来，虽然他深知这是个爱折腾的姑娘。或许是离开学校太久了，曲童考试的成绩并不理想。她没能考入北京的院校。此时曲童面临两个选择：要么留在北京，明年再考；要么接受考试的结果，去外地读书。这个抉择对她来说很难，她不想在和许安走上正轨的时候离开，但想到新环境和新学业，又有些兴奋。

"走吧。现在工作对你来说，太早了。"

"我走了，你怎么办？我们怎么办？"曲童不想让他们来之不易的稳定承受一点点考验。

许安拥抱着曲童，在她耳边喃喃地说着："我可以辞职，随时陪在你左右，我还有写手的工作，一切都会好的。"

许安的话是曲童的定心丸，她不再纠结了，不再犹豫了，她开始畅想自己崭新的人生。但许安究竟想些什么，承受着什么，是曲童不曾深入想过的问题，她唯一可以肯定的是——许安是上天赐给她的，是专属于她的守护天使。

8

许安辞掉工作，与曲童一起来到她读书的城市，开始他的伴读生活，收入虽然减少许多，好在这个城市的物价不算高，生活还可以勉强维持。最重要的是，脱离烦闷工作后的曲童又恢复了她的天真烂漫，这是许安最希望看到的，虽然会隐隐觉得不安，但在许安心里他最想守护的就是曲童的天真，他知道这很难，他需要变得更加强大。

这样的生活没过多久，事情又发生了变化，起因是曲童的父母由于工作的原因从老家搬到了秦皇岛。这时曲童的学业不算重，她有许多空闲时间可以随意支配。她频繁地往返于学校和秦皇岛之间，渐渐喜欢上了这个新的家，新的城市，她又萌生了新的想法。

曲童决定在秦皇岛开一间咖啡馆，她把在学校学来的设计和装修的知识在这个新事业上做着不同的试验。她想好了，毕业后就回秦皇岛，做她的店长。但在毕业前，咖啡馆的日常运营只能交给别人。许安说，我来吧。他继续支持着曲童不切实际的想法。

许安的父亲意外地很赞成他的决定。他觉得许安网络写手的工作太不靠谱，能换个工作其实是件好事。而许安却想着难得曲童会对一座城市这么有好感，加上咖啡馆是适合曲童维持天真烂漫的场所，这样一来，或许曲童就可以安定了。而她安定了，他的心也就放下了，他们终于可以过上稳定的生活了。抱着这样的畅想，许安与父亲商量在秦皇岛买房子，他说，这是最后一站了，他确定。父亲答应了他的请求，但有一个条件。

"等小童毕业了，你们就结婚吧。也折腾够了。"

许安燃烧着自己的所有，把曲童的梦想逐一照亮。她的世界亮了，许安的世界也亮了。会好的，一切都会好的。

与大部分咖啡馆一样，这不是一个赚钱的买卖。曲童的咖啡馆快经营不下去了。之前的合伙人相继退出，只剩下许安一个人还固执地坚守着。他觉得，他守住了，曲童就能回来，他们就可以幸福地生活在一起。会好的，一切都会好的。

重聚的日子在倒数着，许安在心里默默地倒数着。

而此时，曲童却对自己的北京梦念念不忘，她再次把简历投向了北京的公司。这一次变故她没跟许安商量，她清楚许安在等她，但她实在不愿让将来的自己后悔，她想圆一下自己的北京梦。她觉得自己变了，学历高了，见识广了，她能在这里站稳脚跟。可惜，北京没变，枯燥的工作和微薄的薪水没变，更换工作的频率没变。

许安问她，什么时候回来。曲童总是回答，快了。

曲童想证明自己，证明自己有实力从万千北漂中脱颖而出。她说等她做到了，就回去和许安一起经营咖啡馆，一起经营他们的家。

曲童说，你等我。

许安说，我等你。

这一等就是一年。曲童的事业有了一些进展，她终于成了都市剧中的白领丽人。许安还在距离北京不算遥远的河北城市守着他们的梦。许安的父亲让许安赶快结婚，要不然就要把房子卖了。这件事几次提起，让他自己也没了底气。曲童在北京混得越好，许安越觉得她不会回来了。原本自卑的他变得更加自卑，他觉得自己被骗了，被耍了。所有的诺言都只是他的一厢情愿。他不敢再和曲童提起来秦皇岛的事，好像说了，她就再也回不来了。"不回去了。"许安最怕的一句话还是从曲童嘴里说了出来，"你来找我。工作我安排好了。"曲童混出了名堂，她已经可以给许安介绍工作，她可以照顾他了。许安卖掉了咖啡馆和房子，再次回到北京。许安的父亲对这个结果很生气，但他的情绪很快得到安抚。曲童和许安的父母在北京见了一次，双方父母商量好，明年年初就让两个孩子结婚。只要孩子的事情能稳妥，地点在哪里，父母其实并不在乎。许安用卖房子得来的钱，在五环外付了一套新房的首付。这就是他们的婚房。交款那天，许安的父亲笑了，许安也笑了。"这次终于稳妥了，你小子啊，可把老爸折腾得够呛。""会好的，一切都会好的。"许安这样回答着。

之后的日子，曲童和许安在北京的各个方向穿梭着。忙工作，忙装修，忙爱情。他俩终于真真切切地看到了未来，而不是那个虚幻的影子。他们珍惜着在一起的每一分钟，好像要把过去错过的时间全部补回来。

在经历了秦皇岛漫长的等待后，许安养成了一个固执的毛病，就是接曲童回家，不论曲童是下班，还是与朋友聚会，不论多晚，他都要接曲童。曲童出差，他自然也会在机场等待，而这一次的巧遇，就注定了我终于得见这个神秘男友。

"天使哥！"我隐约听见一个让我厌恶的名字。

9

"真不容易。"原来我在大学听过的故事还有这么曲折的后续。

"怎么样？羡慕吧。"曲童继续厚颜无耻地晒她的幸福。

我起身准备离开，临走前我对曲童说："结婚时叫我。"

"必须的。"

回到酒店，一头栽在床上。梦里一个男孩被一个女孩追着打，我站在旁边，冷眼看着。

10

离开北京后，我时常能从朋友圈里了解到曲童的近况。她肆无忌惮地炫耀着自己的幸福美满，相识 12 年，相恋 9 年，她有这个资格。许安的新工作也发展得不错，专业对口，干起来得心应手，顺风顺水，很得领导赏识。一切正如许安所说，会好的，一切都会好的。

几个月后，我再次来到北京准备一个拍摄项目。工作结束，我打算见见曲童，顺便把提前买好的结婚礼物——她心心念念的一台咖啡机送给她。

来到约定地点，大概等了 20 分钟，曲童才出现，略微有点意外，因为她一向是讨厌迟到的。见面后，曲童窝在椅子里，闷闷不乐。也许工作压力太大了吧，送她礼物一定会高兴的——我这样想着。曲童面无表情地接过礼物，没有打开包装，端详了一会儿还给我。

"谢谢，不用了。"

我以为她对这个礼物不满意，但是当面表达出来还是让我有些不快。

"那你说想要什么吧。"

"什么也不用了。婚不结了。"

我以为又是婚前恐惧这类老套的情节。对她说："有什么了不得的事啊，都会过去的。"

"他出轨了。"

敲定婚期之后，曲童一直沉浸在幸福中。她总是变着花样地给忙碌的生活增添一些情趣。一次公务出差，工作完成得很顺利，于是提前回家。她没告诉许安，想给许安一个惊喜。对于这个家而言，这是曲童第一次独自回来，没想到竟成了最后一次。下了飞机，曲童打了一辆出租车，到家的时候，是晚上 11 点钟。

曲童敲门，在等待开门的时候酝酿着台词。没人开门。曲童再敲，她知道家里是有人的，之前在楼下她已经看到家里亮着灯。再敲，无声。曲童开始用力地砸门，她以为许安在忙什么，没有听到。这时她喜悦兴奋的情绪已经开始衰落。她用手机给许安打电话，无人接听。也许家里出事了，也许许安昏倒了。脑海中闪过无数恐怖的画面，越想越糟，越想越不安。曲童砸了 20 分钟的门，什么都没有发生。她已经打算要报警了。这时她听见屋里传出了最让她害怕的声音，这声音比许安遭遇事故更让她无法接受。

　　一个女人的声音。

　　曲童彻底蒙住了，她的脑袋一片空白，但她的拳头还在不断地用力砸着门。直到里面传出了许安的声音，曲童的手才停下，悬在半空中。

　　"是我对不起你，你走吧。"

　　……

　　说到这儿，坐在我对面的曲童，止住了声。她呆呆地望着窗外，好像看着窗户，又好像穿透了远方，总之是我看不到的地方。我不忍打扰，我知道她现在很痛苦，却无法真正地理解。人们难过时，总有人会说我理解，我懂。其实我一直觉得这就是屁话，没有人能对另一个人的境遇真正地感同身受。

　　曲童收回视线，断了的故事重新接上。

......

凌晨一点的北京，只有灯火通明，人们都归巢了。可曲童只有一扇紧关的门，门后是她在这座偌大城市里唯一的避难所。折腾得够久了，曲童的理智一点点复苏，爱情毕竟是要排在生存之后的。她拿起手机，拨通闺密的电话。时间在一点点地流逝，曲童像她的行李箱一样，杵在门口。

直到闺密赶来，把她领走，像领取她的行李箱一样。

越美好的爱情，当它破裂时，越显得丑陋。

曲童走了，不知道这家里的每样东西是否还记得她，想念她。

"你现在打算怎么办？"

"我不知道……什么都不知道，就连他是否真的出轨我都不知道，毕竟我连家门都没进去……我愿意相信他没有。"

"那你没有再找过他吗？"

"找过，他不肯见我，电话也打过，他不接。"

曲童低下头，好像自言自语地继续说："他等我太久了，我也该等他了。"

我揣摩着这句话的意思。好像理解了，却无法接受，胸口好像有

块燃烧的巨石压着，我说不出话。作为局外人尚且如此，而她该如何消解，我无法想象。

告别了曲童，我只身前往上海。心里惦念的都是这份来之不易的脆弱情感。

11

在上海待了一个多月，工作差不多忙完了，就去看看早就听说的摄影展。展厅里人不多，我随便看着，本以为能有点收获，来了之后发现也不过如此。有点失望地继续走着，来到拐角处的一个小展厅，里面只展示了一幅作品。黑白色调，构图平稳，画面里一个女人孤独地站在海边，向远方看着。作品前，伫立着一个女人的身影，向画里看着。走近才发现，居然是曲童。

"你怎么在这儿？"我从背后拍了她的肩膀一下。

"啊！"曲童转身发现是我，惊讶变成惊喜，"这几天休息，就出来走走，看看展什么的。"

"感觉怎么样？"

"还好了，没看到什么太惊艳的作品。"

"我是说你怎么样？"

"我也还好。"

"跟许安和好了？"

"不算吧。上次跟你说的那个事，后来我见到那个女的了，是许安的同事。"

"啊？我是不是错过什么精彩情节了？"

"你以为会上演一场大战吧？我是偷偷去看她的。在他们公司下班的时候。"

"都看见真人了还能忍住？这不像你的性格啊。"虽然我是调侃的语气，但我认识的曲童应该会上去揪头发、踢脸什么的吧。

"看见了，就不这么想了。我觉得自己比她强多了。不是自夸，也不是说我比她长得好看。我觉得我比她自信多了，她长着一张被欺负过的脸。"

"以后你有什么打算？"

"好好工作，好好生活。"说完曲童对我微笑了一下，那笑容有点沉，嘴角的弧度看起来有些吃力。

经过这次风波，曲童和许安的婚礼被无限期地推迟着。我打算送给她的那台咖啡机现在放在橱柜上，由于打折时买的，已经没办法退货了。

"早知道该买绿色的。"喝一口自己做的意式咖啡，又苦又涩，还微微泛着酸味，在口腔里百转千回，受刑似的咽下去，才泛出一点点醇厚和回甘。

就像生活的味道。

后来的一次同学会，我又见到了曲童。她已经不是那个在机场偶遇的姑娘了。她没精打采地坐在角落，身上胡乱套着一件牛仔夹克，脸上的妆容很是粗糙，曾经在她身上闪烁的光消逝了，黯淡了。在这样重要的场合她尚且如此，可以想见她平时的样子了。我不识趣地走过去问她：

"还等吗？"

她的眼神没有转移到我身上，依然盯着自己的鞋，"等。都是我的错，我让他等太久了，现在我等他。"

三个月后，曲童给我发来一张照片。是许安的结婚照。照片里许安依旧一副久病的样子，搂着一个女人，不是曲童。曲童说，这张照片是从那女人的微博里看到的。我问她，还好吗？电话那边一片寂静。

12

又过了几个月，一次工作地点在成都，天府之国吃的玩的都不少，依旧在工作结束后逗留了几天。在朋友圈中感慨："好想住在成都不走了。"曲童在下面给我留言："待几天？"我回复："后天走。"曲童留言："等我。"

当天晚上曲童就到了。她披着一条巨大的深红色驼毛围巾，穿着灯笼裤，头上戴着一顶草帽。我都快认不出她的样子了，但我认出她脸上久违的笑容，她身上的光虽然不如从前耀眼，但看得出，她又回来了。

"你这是上哪儿取经去了？"我调侃道。

"我上大昭寺取经去啦。我从拉萨飞来的。"

"净化心灵去啦？"

"就是随便走走。好久没这么放松了。"

"都过去了？"

"嗯。会好的，一切都会好的。"

从那以后我好久没见过曲童。

天很蓝，白云慵懒地飘浮着。浑浊的海水一层一层向沙滩袭来，北方的海就是这样。曲童很喜欢海，记得她曾说过每片海都有自己的性格。这话很矫情，我盯着大海怎么都品不出她形容的性格。临时搭起来的白色帐篷下，摆着点心和红酒。终于不用吃该死的四喜丸子了，我这样想。

男女双方都没有叫自己的父母，来到这里的只有同龄的朋友。仪式开始，新娘穿着婚纱，挽着新郎的胳膊从通道的尽头缓缓走过来。

经过我身边时，新娘朝我迈出一步，在我肩膀上打了一拳，我躲闪不及，跟跄了一下。新娘笑着继续前行。曲童还是老样子，马上要当妈的人了还这么没正行。曲童笑了，肆无忌惮地笑着。我已经好久没见她这样开心地笑了。仿佛过去的一切从她的记忆中删除，只剩下快乐。我想着上次见面时她对我说的话：

"会好的……"

曲童叫喊着抛出了手中的那束捧花，精美的花束划出一道弧线，把太阳劈成两半。所有的女生尖叫着抢夺，好像那是什么了不得的法宝。捧花像认得方向似的，在人群中闪转腾挪，不偏不倚，落在我的手里。

"一切都会好的。"

……

舷窗外，突然闪现烟花，坐了这么久的深夜航班，还是第一次看到。它小小的远远的，没有震撼，也没有那么绚烂，它只是快速地闪烁又快速地熄灭，无声无息，像是他们的故事。与这个偌大的世界相比，连一点萤火都不及。但他们突然的闪现，就像这些烟花，对我来说是第一次，对故事里的人来说是第一次，绝无仅有的一次。

我们来到这个世界，就活在一个庞大的故事里，每个人都在大故事里编织着自己的小故事，或努力，或彷徨，或伤感，或遗忘。不管怎样，我们既是故事的创造者，同时又被故事指引着，像是人与神的关系。

　　烟花彻底熄灭了，航行继续。他们的故事结束了，而我的生活还在继续。我仍是穿行在城与城之间的小小身影，仍在深夜中不断地飞行。脑海中闪现杨慧的声音"该着陆了"，是啊，这几年东奔西走，才渐渐明白。人，是离不开城市的，心安之处便是家。

　　但何时着陆，着陆点在哪里，我还没有想清楚。希望就像曲童说的"一切都会好的"。

PART 02   THE YOKE OF MEMORY

一个人的习惯，究竟有多少是真正属于自己的？

那些刻意的喜欢也好，不经意的选择也好，能挑拣出几分完全归功于己？

人们常说你要"做自己"。好像我们的身体与灵魂并非浑然天成，而是人工雕琢出的手工艺品。把"自己"肢解分离，只看见一地来自"他人"的残破碎片。

何为自己？何为他人？

PART 02   THE YOKE OF MEMORY

回忆枷锁

PART 02

THE YOKE
OF MEMORY

回 忆 枷 锁

THE YOKE OF MEMORY

一个人的习惯，究竟有多少是真正属于自己的？

那些刻意的喜欢也好，不经意的选择也好，能挑拣出几分完全归功于己？

人们常说你要"做自己"。好像我们的身体与灵魂并非浑然天成，而是人工雕琢出的手工艺品。把"自己"肢解分离，只看见一地来自"他人"的残破碎片。

何为自己？何为他人？

1

上大学那会儿经常听到"北漂"这个词。从宿舍那几个抠脚的哥们儿嘴里，从教室里没说几句话就要咳嗽一声的老师嘴里，从那些整天扎堆研究化妆、染发的姑娘嘴里。总而言之，那时我对这个词没有什么好印象，咬牙发誓决不加入"北漂一族"。没想到事与愿违，最终我还是去了那座隐藏在雾霾之中的北方城市。虽然停留时间不算太久，但多少也算是尝到了成为北漂的滋味——冷暖自知。

那段经历，没什么特别。和大多数人一样，整天被工作追赶着，到月底时钱包比脸还干净。唯一值得一提的，是我在这里度过了第一个没有家人陪伴的春节。

记得那天下着雪，我本打算窝在家里写稿子，用工作冲淡窗外的喜庆。大张不合时宜地打来电话叫我出去喝酒，我骂他大白天喝什么酒。大张叫喊着说大过年的还工作啊，痛快出来。隔着话筒，我仿佛都能感受到他喷出的口水。是啊，他说得对，大年三十还要工作确实太悲惨了。今天本应是人人高兴的日子。"过年了……"我自言自语地念叨着。

　　从前的自己，只有在家人忙前忙后时，才能感知节日的信号。现在孤身一人，身处他乡，没有准备妥当的年货，没有亲人的拜访，没有母亲的唠叨，没有熟悉的纷乱嘈杂，对于年关将至，竟也有些迟钝。也罢，去吧，虽然拖欠了一屁股的稿子，债多不愁。

　　放下电话，想着约定的地点——东城区的某KTV，我叹了口气。当初来到北京时选择住在郊区，一来图个清静，二来房租相对便宜。只是有一点让人比较头痛，就是每次去市中心都有种出远门的错觉。在拥挤的地铁人流中向远方跋涉，东二环显得那么遥不可及，这次也不例外吧。我嘟囔着挑拣了一身自认为满意的行头，动身出发。

　　刚进入地铁的地下通道，感觉有些异样，地铁里的人少得有些夸张，没有了人头攒动，没有了人声鼎沸。我可以慢悠悠地上车，还有一整排空闲的座位等待着我。这样的特殊待遇在进京之后还是头一次。宽敞的车厢让心情畅快了许多。

　　或许今天有所不同，或许今天会有好事发生。

　　一路畅通无阻，直达预订好的包房。刚推开门，叫嚷声直击耳膜。我躲过了拥挤的地铁，但没逃过噪声的旋涡，这个年，注定不得清净。

正感慨着，大张站起身子嘻嘻哈哈地招呼我进来。我一边往里踱着步一边扫视周围，一水儿的花季少女，心里大概明白了，侧目瞥了大张一眼。大张一把把我拉进阵营，冲我耳朵喊："大过年的，你这孙子还窝在屋里，当自己是发面呢。快过来！今天这么多姑娘，你自己看着办哈。"说罢，又挤眉弄眼地让我喝酒。

滚滚红尘，近在咫尺。

几杯酒下肚，包间里陆陆续续又来了几茬新人。大张是个典型的人来疯，在人群中推杯换盏。气氛越来越热闹，刚刚还有些腼腆的少男少女们此时已经彻底放开了。我端着半杯酒，脑袋昏昏沉沉，耳朵被音乐不停歇地轰炸着。眼前交织着不同的年轻肉体，举着杯，跳着舞，摇晃着。包房里的灯光昏暗极了，我分辨不清这是谁的手，那又是谁的腰，视线里只有一大团张牙舞爪的黑影，在不断地膨胀着，感觉整个房间随时都会被挤爆。

我用力地揉着太阳穴，怕它因头痛而炸开，突然有人在我耳旁大喊："这里太吵了，要不出去抽根烟？"此时没有什么比逃离更诱人的了。"走！"我回应了那个声音。

刚出 KTV 门口，迎面就挨了一巴掌凉风，全身打了个通透的寒战，下意识地裹紧围巾，折磨我的酒醉也醒了一半。天已经擦黑，雪还在不声不响地下着。

"抽我的？"耳边传来的声音清清冷冷，像这一地白雪，我本能地又打了个寒战。转头看到一支烟，顺着烟看到一只纤细白净的手，顺着手看到一件黑色呢子大衣，顺着大衣看到一张冰冷的姑娘的脸。

"我不抽中南海，有股怪味。"我顺手掏出自己的烟和打火机。

"你也这么觉得？我也是。"

"那你为什么还抽这个？"我疑惑地看着眼前这个自相矛盾的人。陌生人熟练地吐了一个烟圈说："习惯了。"

我没再接话，揉着太阳穴，吞着云，吐着雾，头痛终于舒缓了一些。我偷瞄着邀请我出来的姑娘，她很高很瘦，穿着一件过膝的黑色大衣，呢子布料也掩盖不住下面瘦弱的身躯。通常来说，身材纤细的姑娘多少会给人一种楚楚可怜的感觉，但在她身上没有。她若是换上一袭白衣，在这大雪纷飞的夜里，我一定会以为自己见鬼了。想到这儿我不由自主地后退一步，距离稍微拉远后，我仔细端详着她。也许是出于摄影师的敏感，我被她散发出来的气场吸引着，她像一座雪山，也像一座孤岛。

我在心里盘算着，怎么邀请她当我的模特。

"过年了哈……"这一次换我打破沉默，话一出口，心里就开始懊悔。紧张时，无论说什么好像都是错的。

"是啊。"她冷冷地回答。

"哦。"哦个头啊，这算什么对话？懊悔之情再一次涌上心头。

果不其然，我们再次陷入尴尬的沉默。姑娘掐灭烟头，手伸进口袋，又掏出一根中南海，递到嘴边。

"你的烟瘾还挺大哈。"

姑娘瞥了我一眼，没有回话。

"过年了，还不回家吗？"我笨拙地转移话题。

"我家不在这儿，回去也是一个人，所以在哪儿过年都无所谓。"除了烟，姑娘嘴里终于肯多吐出几个字了。我心里庆幸着，以为可以打开话匣子聊聊，然后再顺理成章地提出拍照邀请。没想到，姑娘突然掐灭了半截烟，说："撤了。"转身又进了KTV。我随着她从寒冷走进温暖。此时的包间里，已经七横八竖地躺倒好几个人了。剩下的人挥舞着酒瓶比之前更加疯狂地唱着跳着。房间里的烟雾呛得我不住地咳嗽，看着一屋的狼藉，我决定离开。从一个横卧的姑娘身下拽出自己的包，拍了拍半睡半醒的大张，推门出来。

刚出包间，看到距离我不到两米的前方，站着刚才那个抽中南海的姑娘。我紧跟两步，赶上去说：

"你去哪儿啊？我送送你。"

"好啊，那就一块儿走走吧。"她答应得这么干脆，反倒让我不太适应。

天已经黑透，雪比之前小了一些。地面上已经积了一层一指厚的雪，映射着柔软平滑的冷光。走过的地上只留下我们的脚印，回头看去，竟有些孤单。原来这就是北京。平日里它戴着光芒四射的王冠，人们像飞蛾一样前仆后继地飞涌进来，身陷其中才发现周围堆满了被工作和生活蹂躏过的面孔。人们就在这些面孔中穿梭着，疯跑着。哪怕在车次间隔只有两分钟的地铁站里，人们还是疯跑着通过地下通道，只为了钻进眼前的那节车厢，只为了节省转瞬即逝的120秒钟。

春去冬来，终到年底，这样奔波了一年该放松一些了吧。可人们连喘息的机会都不给自己，又疯跑进车站、机场，像潮水一样地散去离开，只剩下一座空旷的钢筋水泥森林。春节本应是一年当中最热闹的时节，可眼前这座曾让人透不过气的城市现在只剩下一个空壳，那些车水马龙，那些人来人往，只留下回声在空中回荡。

一条街的距离不算长，很快就走过了，快要到尽头时我才意识到身旁还有个姑娘。独居久了的人才会有这样的毛病吧，习惯了自己一个人，习惯了沉默，习惯表达只在自己内心进行。独居越久，这些习惯在身体内野蛮生长，像是被包裹起来的内脏器官，虽然朝夕相处，但我们自己从来不曾见面。与人群接触时，这些独居的习惯才有了展示的机会。就像此刻，我可以和身边人走完一条街，却将对方完全无视。前面就是十字路口了，不知道她的目的地在哪儿。这一路走来，她始终保持着安静，或许又是一个孤单的灵魂。想到这，心里不由得泛起一丝恻隐之情。

我没有询问，心想就这么跟着她走吧，安全护送到她的目的地为止。前方的路口终于出现了车流，尴尬寂静的气氛得到一些缓解。我长舒一口气，在红灯前，停下了脚步。姑娘却径直前行，就在这时，视野的左面被照得雪亮，一辆车猛冲过来。我还没来得及思考，本能地冲出去，抓住她的胳膊，猛地往回拽。一切发生得太快，容不得观察地形或是合理安排身体的行动，我们双双倒地，好在已经平安摔到路肩内侧了。

"你找死啊！"我没好气地吼了一句，然后起身弹了弹身上的雪。她不仅没说话，身体也静止不动，就那样趴在雪地里。路口的红灯继续亮着，洁白的雪花穿过光线，瞬间披上一层血色，缓缓坠落，一片片打在姑娘的黑色大衣上，再次恢复洁净。

刚才的气急败坏消解了我所有的紧张情绪，一种莫名的恐惧从心中慢慢萌生。担心着，悲凉着。我赶紧俯身看她。

她在哭。

2

从我们相遇直到此刻，姑娘的脸上终于有了表情。更确切地说，是终于有了我可以感知的人类表情——悲伤。过去我曾跟朋友调侃，在形式上悲伤只有两种：一种是巴洛克式，就是那种号啕大哭，充满激情与动态的悲伤；另一种是浪漫主义的，暗自流泪或是蜻蜓点水的哀怨，以林黛玉为代表的悲伤。但此时这两种形式都不符合她的状态。她的悲伤在简约中泛着古典，以至于好不容易建立起来的感知再次被阻断，我读不懂她。

她的面庞紧贴着雪地，眼泪兀自流淌着，很快就被地面上的雪吞噬。除此之外，她的整张脸没有丝毫表情。这种静止有点恐怖，却有着异常的古典美感，让她的样子更显诡异。从我的角度看去，暖白的脸摆放在清冷的雪地上，像是一块大理石雕塑。而那双哭泣的眼睛虽然有着忧伤的形状，却包裹着空洞的神情，黑色的瞳孔好像吸收了所有的光线，深不见底。

099

"他还在……"姑娘的嘴唇轻微地翕动着。

"啊？谁……谁啊？"我被这没头没脑的声音吓了一跳。"不管是谁，你先起来，地上太凉。"我一边说着，一边把她扶起，弹去了她身上的雪。"你有没有伤到哪里？"

她没说话，只是缓缓往前踱着。虽然我们对于彼此都还是陌生人，但放着这样的她不管，心里还是有些过意不去，尤其是回想到刚才那一幕，仍心有余悸。于是我继续默默地跟着她。

过了一条街又一条街，我们像开始一样沉默，只是氛围沉重了许多，就连脚印仿佛都更深了些。

"谢谢你。"姑娘点燃一支中南海后突然说道。这次轮到我沉默了，我有一大堆问题在脑海里盘旋着，却不敢发问，生怕会问错。

"你一定觉得我是个怪人，是个神经病吧？"姑娘用力把抿着的嘴咧成微笑的状态，可眼眶中的泪水还是流了下来。她就这么半哭半笑地看着我。

方才险些酿成车祸的瞬间着实把我吓到了，而此时看着眼前这个不愿承认自己的悲伤和脆弱的倔强的人，有些心疼，也有些无奈。每个人都有自己的故事，都有自己的起承转合。在他人的故事中，我注定只是一个旁观者。我从来不知道他们故事的起点在哪里，终点又在何处。我在起承转合的某一个环节出现，见证着，陪伴他们走完短短的一程。

"相信我，你不是我见过最怪的。"我没有嘲笑她，更没有因为她的反常举动而逃离。我想知道她身上发生的事，至少对于现在的她，我只是一个微不足道的倾听者。"他……是谁？"

3

　　故事的开头在一个阴雨绵绵的午后，2005 年 9 月 11 日的午后。夏天已经接近尾声，早晚的时候，天气隐隐约约地有了一丝凉意。没有了炎热带来的浮躁，人的心情好像也平和了一些。日子就这么不紧不慢地过着，仿佛余生都将如此。

　　距离高中毕业，已经过去一年了。家里的经济条件也不允许我继续在家待业，只好出去工作。我的第一份工作，是在一家商场的眼镜店里做售货员。我喜欢这个地方，尽管我与周围所有的一切都格格不入。宽敞的大厅被复杂的灯光照得亮极了，容不下一处阴暗。穿着入时的男男女女穿梭在我叫不上名字的品牌店铺里。所谓的高大上，应该就是如此吧。对我而言，那里就是花花世界，那里就是滚滚红尘。

　　商场的楼上是写字楼，被一群称呼自己为"Jerry"或者"Amy"的白领占据着。有时我会偷偷溜上去，静静地观察他们，我发现，白领们的衣领并不都是白色的。他们有的穿着廉价面料的西服套装，对着手机念叨着"基金""保险"或者"年化收益"，反正是一些我听不懂的字眼。有的穿着随意，戴着黑框眼镜，男人梳着女人的辫子，女人留着男人的短发。

我就在不同的楼层观察着他们，从没有人过问过，甚至没有人在意过。我羡慕他们拥有体面的样貌，体面的收入，体面的生活。想象着有朝一日自己也能成为他们中间的一员。

日历上的数字悄悄变化着，从时钟里滴落汇聚而不散去，像摆放整齐的多米诺骨牌，铺满了我的十八岁，向忽远忽近的十九岁延伸着。

乙酉月，戊戌日。宜余事勿取，忌嫁娶。

他出现的那天，商场里的人特别多，但我上班的档口依旧是冷冷清清。一排排形态各异的眼镜趴在柜台里向外张望，没有瞳孔，空洞无神。我趴在柜台上望着外面的雨发呆，下班的时候也许雨就会停吧，这是我唯一的期望。

"你好，麻烦请问一下……"听到有顾客的声音，我赶紧起身，抬头便看到了他。他个子很高，也许有180厘米，微壮的身材穿着一件合身的白衬衫。简单干净的头发下衬托一张小麦色的脸。依据我的经验，他是楼上的人。

"麻烦请问，你这里能修理眼镜吗？"他一边说着，一边递过来一副坏掉的眼镜和一根折断的眼镜腿。

"您这副眼镜，是从我们店里购买的吗？"

"是啊，但已经过了保修期了。现在能修吗，我急用。"我从他眯缝的眼睛看出他很焦急，也许没有了眼镜的帮助，世界在他眼中也会是一片模糊不清。

虽然我在这里才工作了一年多，不过一些小毛病还难不住我。把断掉的部分复原我是做不到了，换一条新腿我还是能够胜任的。与文物修复不同，我们这里都是修旧如新。我接过他的眼镜，仔细查看着。

"这条眼镜腿不能用了，只能换，您稍等一下，我去看看有没有这个型号的配件。"两年前售出的旧产品，配件存货都不多了。找了许久，只找到两个勉强可以用的，但颜色和材质都与他带来的眼镜不同。

"现在店里只有这两条腿可以配上，但与您的眼镜在外观上会有差别，您要是不着急的话，我可以帮您查查别的店里还有没有，但最快也要到明天才能给您修好。"

"可我现在就需要用啊。"他显得比之前更着急了，看来眼镜对他真的很重要。

"您先别急……这样吧，我先把临时配件换上，您先戴着。我也帮您联系看看，有货了再与您联络。费用就收取一次修理与一条镜腿的钱吧。但您尽量保证眼镜的完整与干净，不影响我们再次销售。这样可以吗？"

他迟疑了一下，愣愣地看着我。也许他对我的方案不满意，但此时这是我能想出的最妥善的解决方式。

"你好，可以吗？"我再次询问。

"啊，可以，可以，太好了，谢谢你。"

"那您给我留个联系方式吧，到货了我就通知您。"我递给他一张顾客登记表。

"好的，我就在楼上上班，可以随时下来。"他一边说着一边在纸上写下电话，还附加了姓名与公司名称，写完后他向我点了一下头，迈步离开。

整整一下午，就只有这么一个顾客光顾。我趴在柜台上，盯着这张纸，看着他的名字，看着他的公司名称，脑海里浮想联翩。人们常说少女情怀总是诗，我不懂这是一首怎样的诗，只知道从那一刻起，无聊的下午多了很多故事，围绕在他与我之间的故事。当然，这一切都源于我的幻想，也仅止步于幻想。

……

雪还在下着。我一支接一支地抽着烟，仿佛被雪花打湿的微弱火星能给我一丝温暖。说话的时候，姑娘一直低着头，两只手十指紧扣，又用力扯开，发出轻微的声响。雪片落在她的头上和衣服上，被体温融化，在她的轮廓上形成一圈光晕，晶莹剔透。

"为什么她要跟一个素不相识的人倾诉？"正常来说，此时此刻我们应该在尴尬的气氛中交流饺子该吃什么馅的，或者春晚最期待的节目。而现在我们在一座空旷城市的街头小心翼翼地触碰着对方心中最柔软的地方。

一股白气从姑娘口中升腾，带走了覆盖在回忆上的尘埃。

……

下班时间到了，外面原本矜持的雨水也进化成瓢泼大雨。我从来都没有看天气预报的习惯，自然也没有提前准备雨伞。看着商场的人越来越少，心里也着急了起来。

"怎么，还没走？"身后突然传来一个声音。

我转头发现，原来是幻想了一下午的故事男主角。有一瞬间，我好像怕他看穿了我心中描绘出的想象图画，像做错了什么事情，变得有些不好意思，只轻轻答应了一声。

"雨下这么大，没伞可不好走了。你家离这儿远吗？"

"还行，不算很远。"回答的时候，我的眼睛盯着外面的雨水，不敢看他，生怕某个眼神会泄露自己的小秘密。

"那我送送你吧，这么晚了，你一个人也不安全。"

"不必了……我等雨小一点再走就好……"尽管他的样子已经在我的脑海中盘旋了半天，我还是被这突如其来的关心搞得有些不知所措。

"放心吧，我不是坏人。我的眼镜还得拜托你呢。"他撑开伞，一步跨出门口，面对着我站在雨中，等待我的回应。

我可以接受他的善意，也可以委婉地拒绝，简单的单项选择。我没想到的是，这个决定将会对我产生巨大的影响。我们的生活原本就是被各种各样的选择题充斥着，人生就在不停地选择中悄然度过。有些选择无足轻重：可乐还是绿茶，拉面还是炒饭，裙子还是短裤。有些选择则会把路引向不同的方向，或好或坏。学习还是工作，北方还是南方，黑色还是白色。每个选择都藏身在烟雾中，看不清轮廓，模糊地拿捏着，衡量着，犹豫着，战战兢兢地挑选着。等到做出选择的时候，齿轮"咔嗒"一声咬合，命运向前转动。我以为面前的伞是可乐或者绿茶，拉面或者炒饭这样简单的选择。结果却是黑色或者白色，重大而不可调和。

"那就麻烦了。"我低头钻进他撑起的伞下，对他点头微笑了一下。旁边的人或从容或狼狈地消失在雨中，对于即将发生的改变毫不知情。

雨水噼噼啪啪地打在伞上，也打在我心里，奏响的声音似乎能够掩饰可以预见的尴尬沉默。不知是有意还是无意，一路上他都没有问起我的事，只是自顾自地讲着自己，像是在讲一个遥远的故事，故事的主角恰好是他而已。我一言不发地倾听着，在心里默默记下，记下他今年29岁，记下他是一名室内设计师，记下他还是独自一人。最后这一句，被我画上了重点符号。

雨越下越大，似乎要超过雨伞的负荷。他很绅士地把伞向我倾斜，任由雨水冲刷着自己。眼前雨水串起的珠帘猛然抖动了一下，不知从哪儿突然卷来一阵凶猛狂风，吹得我身体失去重心，在我即将摔倒的时候，他揽住了我的肩膀。那一刻，我看到第一块多米诺骨牌轻轻失去重心，一块接一块地倒下，空洞的声响在心里传递着回音，某种我说不清的情感猛然注进血液。自从父亲离开后，这是我第一次靠近一个男人的胸怀，那种久违的可靠与温暖又涌了上来。

现在回忆起来，我已记不清我们走了多久，也记不清分别时彼此都说了什么，除了从他手臂传来的体温，一切都在记忆中消散了。我只知道，在那一晚，码放了一年多的多米诺骨牌崩塌了。

……

讲到这里，姑娘停了下来，用手挡着风，点燃一支中南海。

"后来呢？你们在一起了呗。"听了这么冗长的铺垫，原来不过又是一个爱情故事，略有失望。因为从开始到现在，无论是她的气场还是她的行为，都给了我太多的好奇，一厢情愿地以为她会给我带来离奇跌宕的故事，但现在听到的无非是俗套的老少恋，还不是特别惊世骇俗的那种。

"是啊，我们在一起了。很抱歉，没能给你带来新鲜的故事，我的故事特别普通，但对于我来说意义非凡，它是我人生的转折。"

不知不觉我们已经走到了地铁站，脚下 50 米停靠的是我唯一回家的方式。"我到了，我们就在这儿分手吧。春节快乐。"礼貌性地祝福后我开始向地铁入口移动，只想赶快回家钻进被窝，也许还能看一会儿春晚的重播。

"我能问你一个问题吗？下次你再回答我。"姑娘问道。

"下次？"我心想哪有什么下次。一个外表神秘、内心平凡的组合得到的结果只能是故弄玄虚，我已经没有再见她的兴趣了。心之所想自然不能让她知晓，只好耐着性子问她："什么问题？"我已暗下决心，无论是什么问题，对我来说都是左耳进右耳出的下场。

"你相信一见钟情吗？"姑娘说完，伴随着浅浅的微笑微微点了一下头，算是告别。转身向更远处的夜色走去。

"哼，有病。"

4

一个人过完了凄凉的春节，开始有些盼望城市能恢复恼人的喧嚣。距离假期结束还有一段时间，楼下开成都小吃的王胖子回老家去吃正宗的辣子鸡了，开便利店的李老板也回到了温暖的南方。几乎所有的档口都用卷帘门遮挡起来，上面贴着一张写着"初八开业"的 A4 打印纸。我只好每天用速冻饺子充饥。饺子吃多了，年味有点浓，我开始怀念地沟油和味精了。

打电话给大张，强迫他请我吃饭，我说我不想再吃饺子了。大张说，他在忙，在打麻将，玩的是两块的，实在离不开身。我说，你与其把钱送给别人，不如送给我，让我解解馋。大张说，少解点行。两个小时后，我们坐在一家奇迹般还在开业的饭店里。光是翻看菜谱，就已经让我有些感动了。连点了四个肉菜，大张边看边咋舌。我赶忙岔开话题，询问那个黑衣姑娘的事情。

"她是你朋友？"

大张不怀好意地露出猥琐的笑容：“怎么，看上了？我给你介绍介绍。”

“别扯淡。我想问你，她是不是受过什么刺激？神神道道的。”

大张撇了撇嘴，摇摇头说：“那我可不清楚了。好像是跟前男友有关吧。搞艺术的，都是这种事。”

“什么搞艺术的？她是搞什么艺术的？”

“嗨，她自己在回龙观那边开了个摄影工作室。影楼也不算，照相馆也不是。看不上眼的还不给拍，说影响她创作。”

“哦？那我更得会会她了。”摄影两个字引起了我的兴趣。

“别说兄弟我没提醒你，她呀，你少惹。”

说话间，菜上来了。我看着满眼用淀粉包裹用油炸熟的里脊肉，完全没把大张的话放在心上，随便应付着：“知道了，知道了。”

目光聚焦在重盐重油的勾芡和调味品上，隐约看到大张摇了摇头。不知是对我难看的吃相，还是注定要惹的麻烦。

和大张分别后，我独自前往他告诉我的地址，打算去看看那个姑娘的工作室。几经辗转，我站在一座老式办公楼的门口，这种建筑我只在《我爱我家》里见到过。没有自动门，没有保安，什么都没有，光从外面看，这栋楼好像废弃掉了一样。我壮着胆子推门进去，找

了一圈才发现，电梯也没有。通往上层的只有一级一级的水磨石楼梯，上面还镶嵌着防滑的铜条。"如果她今天不在，我就当锻炼身体了。"我给自己加油鼓劲，开始了久违的体育运动。

艰难地爬上七楼，站在走廊尽头贪婪地摄取着氧气。平复了呼吸，顺着房间号一路找去。两边的门上都贴着自家的招牌，美甲店、美容院、文身刺青、韩式半永久……其中还夹杂着"环球""盛世""国际贸易"这种名字听上去特别唬人的公司。终于找到摄影工作室这间，招牌挂在门口，简单的白底黑字。门虚掩着，出于礼貌我还是轻轻敲了敲门才走进去。她在。

姑娘坐在窗户前的沙发上，手上轻捏着一支烟。青烟像一段轻柔的纱，轻舞直上，在她头顶汇聚成一朵小小的云。夕照直射进来，在地上画出她被拉长的影子。我看不清她的面孔，白光为她罩上了一抹似曾相识的光晕。

不知为什么，我小心躲避着地上的影子慢慢向她的剪影靠近。剪影察觉到我的存在，发出了声音。

"怎么样？想出答案了吗？"

没有打招呼，没有说你好，没有客套的寒暄，她甚至不好奇我是怎么找到这儿的，简单直接地把问题抛出来。

"你相信一见钟情吗？"姑娘问。我想起来，这是上次分开时她留下的问题。

"你相信吗？"面对无法给出答案的问题，我的应对方法就是把问题扔回去。

姑娘扭开头望向窗外，喃喃自语："怎么能不信呢？"

5

从他送我回家的那天起，我的柜台每天都会有一个固定客户来光顾。他每天的"偶然"出现，成了我这一天的意义。

他是一个特别温暖又体贴的人。刚相识的时候，他来我这儿总是有各种各样的借口，有时是下来买东西从这儿路过，要不就是工作无聊了下来散散心，实际上他说得最多的理由是出来抽烟。门外他抽烟的侧影，常常让我看得入迷，后来他直接把烟和打火机寄存在我的柜台。白白的盒子，棱角分明，上面烫印着三个金字——中南海。

他每次的"偶然"都会留下点东西，一个苹果，或是一包零食。他很小心地带给我温暖，没有丝毫的刻意与压迫。

有一天下班时，我收拾好东西准备回家，临走时，他出现了。

"这么巧啊，我也刚下班。要不要一起走走？我们顺路。"

我默许了。这一次应允像是签约一样，接下来的每天都是这么"巧合"。每天他都会陪我走到家门口。我们从开始的尴尬慢慢变得无话不谈。

我曾问过他，你们都不会准时下班的吗？他回答我，最近公司接了个大工程，每天都要加班。他给出的理由合情合理，我也就不再怀疑了。就这样，我们的见面时间不止于上班时段。我们谈论的话题越来越广，越来越深。我们的关系越来越模糊，朦朦胧胧地罩着一块半透明的布，想伸手揭开，又害怕看见隐藏的真实会伤害自己。

直到有一天，在我们一起回家的路上，他突然对我说："做我女朋友吧。"

我当时的本能反应是笑，夸张地笑，即便他一直是我幻想的对象。既然是幻想，当它突然成为现实的时候没有感动，反而觉得有些滑稽。我并不是在嘲笑他的表白，我是在嘲笑我自己，嘲笑我们之间那道看不见的鸿沟。我知道，我配不上他。暂且不提我们的十岁之差，我们的家庭、学历、工作这些在别人眼里十分重要的外在条件都相差悬殊。

"别逗了，大叔。"我用玩笑化解心中的自卑和尴尬。

他沉默了，一路无话。我隐约能听见从自己胸腔里发出的鼓声，一声一声地捶打着心，鼓声越来越密，胸口也越来越紧。我看见蝴蝶挣扎着破蛹，鼓动翅膀飞向高处，一只，两只，到最后密密麻麻连成彩虹一片。我赶忙捂住胸口，幻听也好，幻视也罢，它们真实得要命，怕一不小心就会把自己撕裂。揣着一路的紧张，道了晚安，关上门后，便把自己扔到床上。

那晚，我失眠了。

第二日清晨，洗漱完毕，对着镜子左照右照。第一次开始担心自己不够漂亮，担心自己的身材不够火辣，担心自己的发型太过老土。瞄到梳妆台上妈妈的化妆品，笨拙地在脸上比画。然后又翻箱倒柜地去找衣服，没一件自己满意的。我瘫坐在堆得高高的衣服堆里正懊恼着，猛然看到挂在门后的制服，才想起商场只允许穿工作服，这才放过被我反复折腾的可怜衣柜。爬出衣服堆，换上枯燥乏味的工作制服。走到鞋柜前，看着自己清一色的运动帆布鞋，从来没有发觉原来它们是如此丑陋，而旁边妈妈的高跟鞋稳稳地摆在那里，散发着成熟的情绪，诱惑我穿上去。最终挑拣了一双黑色的高跟鞋，虽然有些挤，我还是努力把脚塞了进去。上班的路上深一脚浅一脚地挣扎着，着实费了好一番周折。整个上午心思都没在工作上，期盼着看到他，期盼着让他看到自己细微的变化。

　　午休时间到了，他没有出现。

　　下班时间到了，他也没有出现。

　　直到商场关门，我都没能等到他。我赌气似的把高跟鞋脱下，光着脚往家走。每迈一步，疼痛钻心。

　　第二天、第三天、第四天，他消失了。第五天，我换回洗得有些发白的帆布鞋，在心里摆上第一块多米诺骨牌。第六天，摆放第二块。第七天，骨牌倾倒。

　　无以名状的怒火在我心中燃烧着，同时还潜藏着我想极力否认掉的紧张和不甘。躺在床上，辗转反侧。对于怀有心事的人来说，午夜不仅是一天的终点，更是感性取代理性的分界线。凌晨两点钟，是魔咒的起点。如果在这个时间你依然清醒着，那么接下来只好等待命运的宣判，是牵着你的手进天堂，还是扔下你去地狱，由不得你做选择。不幸的是，那双引领我的手放开了，坠落，坠落，无休无止，坠落到似是而非的情感旋涡里。在旋涡深处，我看到一株刚刚破土的嫩芽被一脚狠狠踩进土里，可它还活着，还在呼吸，却无能为力。猛回头，我才发觉自己再也爬不出去了，某种情感后知后觉地发作了。起初只是隐隐作痛，可后来它让我歇斯底里，我想睡去，只想睡去，然而这已成为我的奢望，挂在墙上的时钟好像也在嘲笑我，发出嘀嗒嘀嗒的笑声……没错，我就是一个笑话。我天真地以为他会青睐平淡无奇的自己，我天真地以为他会一往情深，不会轻易退缩，我天真地以为自己配得上那样的幸运。我蜷在被子里，嘲笑着自己的幼稚和愚蠢。只是笑着笑着，却有泪水从眼角滑落。泪水慢慢汇聚，没有暗自逝去，而是积攒着，压抑着。眼泪似乎把心中的悲伤与懊悔冲刷出来，剩下的，只有愤怒。

我翻身下床，拿起手机拨通他的电话，想质问他到底发生了什么。

刚拨通不久，听筒里便传来他的声音："还没睡吗？"

原本一腔的怒火与疑问，顷刻间全都坍塌了。我的喉咙里好像堵住了东西，再吐不出一个字来。

"你怎么了？"

"喂，喂，你发生什么事了？"

"喂，能听到我说话吗？你等着我，我这就过去。"

电话挂断，脑袋一片空白，我僵硬地站在窗口。半个小时后，他到了楼下。我随意披了件外套，冲下楼去。

6

"后来呢？"我玩弄着手中的香烟，漫不经心地问她。

姑娘站起身，随手拿起手边的单反相机对准了我。没等我反应过来，快门已经按下，我知道，照片里的我一定露出了惊讶的表情。此时我只有一个念头，怎么样才能把那张照片删掉。

姑娘一边摆弄着相机，一边漫不经心地说："后来，他抱住了我。在我耳边跟我解释他出差了，刚刚才回来。"姑娘放下单反，又抄起一台拍立得，咔嗒咔嗒地调试上面的旋钮。有了之前的教训，我坐直了身体，把衣服上的褶皱也逐一抚平。姑娘转身背对我，把镜头朝向一盆青翠欲滴的白掌。快门再次按下，底片从相机下方滑出。

"当时我完全就傻掉了。全身僵硬，想动却动不了，身体不停地颤抖。"姑娘一边甩着还未完全显影的底片，一边对我说道，"你知道那种感觉吗？就是……能感觉身体的每一寸皮肤，颤抖像波浪传递，一点一点侵蚀我的身体表面，注射到心里，又四散逃开，在浑身上下游走。"

我轻轻点了点头，又使劲摇头。姑娘没理会我，继续摆弄着她的相机。

118

"我一点点把手抬起来，一点点触碰他。那种感觉我现在还能清晰回忆起来。指尖渐渐接近，碰到了他的肩膀，就感觉特别踏实，特别安全。我们就那么抱着。"

　　"你这算是虐狗吗？"

　　她被我逗笑了，发自内心的笑。源于我，也源于她被唤起的记忆。

　　姑娘把完全显影的照片递到我手上，"送你了。"又熟练地掏出一支中南海点燃。云朵再次在她的上空浮现。

　　"模糊地记得他最后说让我回去睡一会儿，明早来接我。早上我还没完全清醒，迷迷糊糊地准备上班。刚出楼门，就看见他站在门口。戴着太阳眼镜，穿着灰色暗格西装，领口没有冗赘的领带，微微敞开。当时的感觉就是心动，又帅又耀眼。就像太阳。"

　　说到"太阳"的时候她猛然把脸转向我，好像生怕我不相信似的。我赶忙配合她点头。

　　"后来有一次，他问我，我对他有怎样的感觉。我说，他能驱散我心中所有黯淡阴冷的角落，他能带给我所有的光亮和温暖。"

　　"现在我可以确定你是在虐狗了。"我擅自把冷笑话补充了续集。这次她没有笑。她的表情慢慢冷却，照在脸上的阳光好像也被吸收吞噬。我下意识地把身体向后靠，好像多远离她一厘米都能减少一些我看不到的未知伤害。

"过去的东西都是死掉的东西。"姑娘的口气和语言与她脸上的神情配合得天衣无缝。从一开始我就隐约觉得她讲述的这段爱情故事不会有一个圆满的结尾，大张也稍微向我透露了这样的信息。不过我相信所有最终死掉的爱情都不是从尸体中爬出来的，在爱情萌发的时候一定也是伴随着美好和温暖。相对于死亡，我更想去了解生命。

"你们有什么共同爱好吗？"我试着把她从沉重中拉出来。

也许是我的问题让她的大脑又开始运转，姑娘想了一会儿，说："走路。""走路算爱好吗？""这是我们最常做的一件事。有时会走上三四个小时也不会觉得累。走着，聊着，好像有说不完的话。"我从没有过这样的经历。我比较好静，又懒。走上四个小时还聊天的经历从未有过。如果一段步行旅程超过 30 分钟，我一定会提议：

"我们去哪儿坐坐吧。"所以我很好奇，他们都在聊什么，是什么动力支撑着他们。姑娘回答说，忘记了。

"如果能这样全部忘掉，就好了。"姑娘又点燃了一支中南海，好像烟雾能带走她的记忆似的。

"我曾以为，记忆会随着时间流逝，哪怕是变得模糊也好。可实际上，我越是想忘记，就记得越深刻。"冷却的脸庞又稍微恢复了一点光亮。

"刚在一起时，白天的时间都被工作占据。我下班的时候，其他的商场和饭店也快要下班了，又不想在酒吧里被震耳欲聋的音乐打扰。

"可我们只能在晚上的时候见面，即使没地方可去，单纯在一起的感觉也是好的。我家附近有一条小河，河边有一张长椅。我们就沿着河走，走累了，就坐在椅子上。你知道吗，人的大脑是可以记住气味的。长椅旁边就是一个公共厕所，臭气熏天。可是我们也没有别的地方可去，就那么忍受着。"说到这儿，姑娘苦笑了一下。"只记得我们天南海北地聊，聊过去，聊未来。说的什么，全忘了。回想起来，就像一部默片。有气味的默片。那张椅子就是我们的小天堂。"

"我们第一次以情侣身份开始的正式约会，就是在小河边的长椅上。大概是在晚上七八点钟，北方刚入秋的天气，入夜后还是有些冷的，加上椅子硬邦邦的，坐久了，身体很不舒服。但我们谁都不愿意离开，就这样一直坐到凌晨两三点。临走前，他在我耳边轻轻地吻了一下，那种感觉像过电一样。我没有反抗，他的吻由耳垂滑到脸颊，最终降落在嘴角，我本能地把他推开。可看到他的眼睛，我又无法拒绝。那晚的月亮很亮，照在安静的河面上，反射着他的脸，周围只有蟋蟀发出阵阵声响。这一切，对于当时的我来说，像做梦一样。不对，这样说不对，其实现在说起才更像做梦吧。到底哪些是真实的，哪些是梦境，我越来越分辨不清了……"

姑娘的头慢慢低下去，太阳已经落得很低了，阳光几乎平行地照进房间，白色的墙壁化为火红。黄昏是最适合拍照的时间。这个时间的阳光能把人的脸全部照亮，也能完全遮挡，也能在鼻梁上形成一道锐利的分界线。一半光明，一半黑暗。我小心翼翼地去摸她的相机，想把她的样子捕捉下来。我没有声息地探出手，怕惊醒了她。姑娘蓦地抬起头，反而吓了我一跳。

"要喝咖啡吗？"没等我回答，姑娘径直去准备了。

"你丢过钱包吗？"姑娘的声音透过磨豆机发出的声响传了过来。我张嘴刚要回答，她继续自顾自地说起来。这让我觉得我们之间不是在交流，是她单方面的倾诉。

"我丢过，我俩都丢过，就在那天晚上。我俩的脑子好像同时短路了一样，都把钱包落在了长椅上。离开的时候谁也没发现，你说好玩不好玩。"这次我学乖了，什么也没说，默默地等着她。

"当时我着急得不行，他还安慰说，我俩可以同时补办身份证了，这是上天注定的，注定我们的相遇是未来的开始，注定我们要抛掉所有的过去。身份证上的有效日期，就是我们的纪念日。我知道，他是怕我着急。他就是这样无处不浪漫的人。但剩下的日子里，我俩都没钱了，甚至有些清贫。"说话的时候，姑娘熟练地操作着咖啡机，水蒸气从机器里喷出，冲淡了缭绕的烟雾。她用一个很漂亮的马克杯冲了一杯意式浓缩给我。我抿了一口，咖啡味道很香醇，有些苦涩，有些酸楚，有些伤感。

"那条路，那张公园长椅，承载了我们太多的甜蜜。有一年夏天，我们坐在那儿聊天。聊着聊着他就把上衣脱了。我还以为他要干吗，结果他蹲地上，把衣服包在我腿上。我问他：'你干什么呢？'他傻乎乎地说：'蚊子多。'他怕我被蚊子叮咬，结果自己被叮了一身包。"

姑娘身上的光晕终于变成了金黄色，她轻轻动一下，就会有阳光射进我的眼睛，视野变得模糊不清。等她再次把光挡住的时候，我的眼前还会看到无数光斑。她说，沉默的时候，他们会分享一副耳机，他戴右边，她戴左边。因为她喜欢搂着他的右手。曲目由他挑选，他喜欢许美静，喜欢张国荣，喜欢《千千阙歌》。

"他离开后的很长时间里，我回家时还是会走那条路，坐在那张椅子上，一个人静静地待着。后来路过那里，只会站在远处看一看，看看那张没人的长椅。"

"现在还去吗？"

"上次回家的时候，我又去了一次。现在那张椅子没有了，公共厕所也没有了，连河边的草丛都消失了。那个地方被写着标语的围挡围起来，或许是在盖楼吧。"听到这里，我感到一种莫名的荒凉。

人们常说触景易生情。或许拆掉了承载记忆的景物，就不会引发心中的痛楚。抑或是没有了记忆存在过的证明，才是更可悲的。到底哪个更痛，我无法知晓，更无法衡量。但唯一能确认的是，就算拆除所有关于他存在的证明，都无法撼动"他"在姑娘心中的位置。我对"他"更加好奇了。

"你为什么会喜欢他？"

"哼。"姑娘轻轻冷笑了一声，"也许因为我傻吧。我以为他是完美的爱人。他浪漫、风趣，有时憨厚可爱，有时体贴温柔。他从不会送我鲜花或者巧克力，他说那是浪费钱。他会送我保温杯和花茶，让我不要再喝碳酸饮料了。他对我的照顾，像对待孩子一样。后来我们搬到了一起，他对我更是呵护备至。每天临睡前，他会帮我整理背包，准备好第二天要穿的衣服。他总说我马马虎虎，总也长不大，女孩子包包里要带的东西都搞不清楚。其实，有时候我是故意的，就想让他照顾我。我是不是特傻？"

我摇摇头，我能理解她。男人和女人之间的矛盾，很多时候都来自年龄的差异。女人天生希望自己像公主一样被关注，被簇拥。而男人在感情上的节奏永远是混乱的，是慢半拍的。所以女人说男人幼稚，男人说女人矫情。而成熟男人用时间完成了心智的重塑，对待比自己年轻的女人自然会细致入微。这也许就是女人喜欢大叔的原因吧。

"我的朋友都说我的包包是哆啦A梦的次元袋，什么都有。他用他的精力，他的时间，他的全部来照顾我。小到一支钢笔，大到一部手机，只要是他觉得我想要的，需要的，他都会买给我。哪怕透支他的信用卡。每天的生活就像在云里，被他的温柔包裹着，幸福着。我被他彻底改变了。"

一个人会对另一个人产生巨大的影响，即便他在远方，在很久的过去，他都能用文字，用音符去改变另一个时空的某一个生命。如果这个人近在咫尺，改变也许会发生得更迅速更猛烈。

太阳只剩下一个半圆，慢慢缩小，终于被楼宇遮挡，消失不见。夜幕没有马上降临，天空从深蓝向远处渐变，由冷及暖。

"走，吃饭去，我请你。"姑娘瞬间转换了话题。我本来还想假惺惺地推辞一番，可又想知道后面的故事，便同意了她的提议。

走出房间才发现，天黑得比我想象的快，走廊里已经一片漆黑。

"小心脚下，楼道里没灯。"姑娘说着打开了手机的闪光灯。我跟着她慢慢下楼。

"要听鬼故事吗？我特会讲鬼故事。从前，有一个男的有一天独自在家——"

"停，你可别讲了。给我吓着了再从楼梯上滚下去。"我赶忙制止了她。

"胆小鬼。"姑娘嘟囔着大步跨下台阶。

趁她还没开口，我继续着之前的话题。"你和过去相比，变化很大吗？"

"挺大的。我以前特土，穿得也土，玩得也土。衣服都是花花绿绿的，后来他就教我怎么搭配，给我买衣服，买鞋。有时我觉得他摆弄我就跟摆弄洋娃娃似的，非要打扮得漂漂亮亮的他才满意。"

"一个人光改变外表还不足以改变气质。"

"对啊，所以他还引导我……怎么说呢，学习进步。"

"是不是还得天天向上？"我继续用冷笑话对抗周遭的黑暗。

"呵呵，真冷。以前没事我就看看国产电视剧啊，综艺节目什么的。他就带着我看电影，看美剧……"

"你这不叫学习进步，你这叫顺着鄙视链往上爬。"

"没你说得那么狭隘。他还带着我看书。"

"我还是头一回听说带着看书的，你不会不识字吧？"姑娘没理会我的讽刺笑话。"我上学的时候就不爱看书，成绩也不好。毕业了就更不看了。那阵我天天熬夜，刷手机。眼皮沉到不行，也不想睡，天天睡觉都跟打仗似的。他每次看到我这个样子，就会过来敲敲我的脑袋，说'斗争结束'，然后把我抱起来放到床上。把床头灯点亮，用手机播放类似八音盒的催眠曲。然后把我的头放在他的臂弯里，开始给我读书。我听着他温柔的声音，身体一点一点缩小，最后好像真的变成孩子了。第二天醒来，迷迷糊糊地睁开眼睛，就对上他的笑容。他掐着我的脸说我是个不爱学习的孩子，才读了10分钟就睡着了。他天天读，我就天天听。那些字句从他口中一笔一画地钻进我的脑海，我就越来越好奇。有天早上我让他把读了一半的书装进包里，我就能在上班时继续看。他特高兴，晚上还买了提拉米苏奖励我。"

"喂，咱们去吃蛋糕吧？"是的，别人说起什么我就想吃什么，就这么没出息。

"你们家晚饭主食吃蛋糕啊？"

"饭后可以吃啊，甜点。"

"你还听不听？"

"听，听。"

我随着她走进一家重庆小面，本来我对小面是没什么意见的。而此时我只在想，吃过辣的东西，会不会影响蛋糕的甜度？

"他给我读的第一本书是《挪威的森林》，他说他很喜欢这本书。后来我才慢慢理解他喜欢这本书的原因，原来爱情不都是像我们这样美好甜蜜的。他离开以后，这本书还留在我这儿，分手以后我曾仔细地阅读，仔细看他做的那些标注，固执地认为这里隐藏着什么答案。"

　　如果你觉得那样可以，也无所谓。因为那是你的人生，应该由你决定，我要说的，只是希望你不要用不自然的方式磨损自己，懂吗？那是最得不偿失的。十九岁，二十岁，对人格的成熟是至关重要的时期，如果在这一时期无谓地糟蹋自己，到老时会感到痛苦的，这可是千真万确。所以，要慎重地考虑，你要珍惜直子，那么也要珍惜自己。

　　《挪威的森林》中的这段话我印象很深，现在翻出来看，这段文字下面也画着波浪线。眼前的人是这段话最好的注脚，所有我们不曾理解的东西都会通过某个契机向我们展示它的本意。原本以为这只是又一个分分合合的爱情故事，但随着姑娘的思绪，我不由自主地陷进了她的记忆。像一个不被察觉的幽灵，站在他们身后看着眼前两个干净美好的人，看着温暖的床边故事，心里好像也有某种类似幸福的感觉蔓延着。可想到此时孤身一人的她，又不禁对爱情的本质产生了怀疑。

　　面端上来了。她替我点了豌杂面，自己则要了一碗牛肉面，还额外加了肉。姑娘用左手拿着筷子，搅拌着热气腾腾的汤面。

　　"我以为有了他我就不会再恨了。"

"恨什么？"

"恨我爸。我上初中时我爸就跟我妈离婚了，也不管我们娘俩了。当我爸被另外一个女人带走时，他带走了所有的温度，水凝成了冰，心化成了灰。他走那天的背影和母亲的哭声，我一辈子都不会忘记。心里就像注射了一针冷却剂。我隐约开始认为男人、爱情、婚姻是所有不幸的源头，这是我从母亲浑浊的泪水中读到的。他出现后，我觉得他是代替我爸来照顾我的。"

"你这种情况有个学术名词叫恋父情结。"

"现在我谁也不恋了，都是一样地憎恨。"

人的感情特别像水，有多种形态，这些形态取决于所有可以波动心灵的经历，取决于那些走进心里的人。我们自己无法操控，所能做的只有守护心门而已。可在我们的生命中，终将有那样一个人能击破冰封的心，能动摇一直坚守的信念。他的出现，让你猝不及防。

窗外的天空有亮点闪过，随即绽放成千万碎片，划着抛物线向下坠落，礼花盛开。人们在地面上努力地制造幸福，凝结成烟花释放到天空，但它只需短暂地停留几秒钟，就能给人们留下美好。任何人想起来的时候，只会记得风华绚烂，却忽视了刺耳的爆破声和硫黄气味。

姑娘推开了干净的面碗，随手点燃一支中南海，隔着青烟问我："今天初几了？"

"初五了吧。"我也不确定自己的回答是否正确。

"年快过完了，"这句话伴随着烟雾说出，竟有一丝离别的伤感，"过完年，我就离开北京了。"

"好啊。去哪儿有打算吗？"

"南方，去南方。"

7

梅雨，深圳，我。

再次见到她已经是一年以后的事了。她说要去南方，就要去最南方。我问她怎么不去海南，她说，有点热。

这次来深圳并不是专程来找她。拍摄工作结束后，还有时间去挥霍，在这座陌生的城市，她是我唯一认识的人。她约我在 Starbucks 见面，我说不要，我要喝粤式早茶。她说你想喝，去广州或者香港喝，这儿的不正宗。我说，怎么也比北京的正宗。

见到她时，她变了模样。剪了短发，干净利落。妆容好像也比之前成熟了些。最让我诧异的是她的装扮。上身披着一件尺码偏大的帆布盘扣唐装，印着灰色迷彩暗纹，里面是没有任何图案的白色打底 T 恤；下身穿了一条黑色的七分阔腿裤；脚蹬一双灰色麂皮切尔西靴。少了一些不食人间烟火的优雅，多了一丝难以接近的冷酷。

"好久不见啊，黄飞鸿师傅。"借着她的衣服，我用玩笑开场。

"宝芝林在佛山。"她一如既往地给我泼了一盆冷水。

桌上摆着各式各样的广式茶点，其中我只认识虾饺。剩下叫不出名字的，我也不想知道，好吃就够了。

"最近怎么样？"此时我只能想到这个俗套的寒暄。

"凑合吧。"姑娘熟练地点燃一支中南海。

"忙什么呢？"这是我能想到第二俗套的寒暄。

"也没忙什么，基本就是在家待着，有工作的时候才会出去。"

"还在开摄影工作室吗？"我回想起她在北京租过一间鬼屋似的工作室。

"开不起了，这边房价租金都太高了。我自己开玩笑说，我现在就是个流浪摄影师。"

"也挺好的。多出去走走，多看看。那你应该算是旅行摄影师。"说到这里，我似乎和她产生了一些共鸣。姑娘的头慢慢低下去，又轻轻摇了摇。

"算不上旅行吧，我讨厌独自旅行。一个人的旅途，听起来挺美好，实际上肯定特别悲催。感觉自己被世界抛弃了一样。"说到这里，姑

133

娘抬头看了我一眼，继续说，"当然我不是说你啊，这只是我的理解。"

我当然理解了她的意思。"你们以前经常一起旅行吗？"

姑娘摆了摆手："只有两次，也没有去很远的地方。"

"什么时候？"我还是忍不住提出了问题。我清楚地知道，我们的每一次交谈都在触碰她心中最容易裂开的伤疤，可她似乎也在引导着我。也许她想直面自己的伤口，让汩汩冒出的血液更快凝结，创口更快愈合。我在有意无意之中扮演了一个残酷的角色，直到落幕。

……

这个时节对于居住在北方城市的人来说，无疑是最舒服的。

那天是我的生日，我不知道他安排了怎样的惊喜。下班后，怀着既兴奋又好奇的心情推开了家门。房间里一片光亮，他把家里的各个角落都用蜡烛布置起来，他抱着我缓缓走向卧室，小火苗随着我们的经过忽明忽暗地舞动着。他把我放在床上，又拿出早已准备好的蛋糕，所有俗套的浪漫在跳跃的火光中是那么温暖。

第二天醒来，我们对视了好久，谁都没有开口说话。那一刻，我感觉到自己心房深处藏着的灵魂随着血液在狭长的血管里横冲直撞，满怀着渴望，想要撕裂自己的躯壳，涌入他的体内。灵魂的企图被我的一声喷嚏打断了。他赶紧抽了张面巾纸递给我，我擦了擦鼻子才发现，鼻子已经被燃烧了一夜的蜡烛熏黑了。我尴尬地把被子蒙在头上，听见他浅浅的笑。

我们趴在床上翘着脚丫聊天，温润的春风滑过脚心，撩拨着年轻的身体。他说起他最喜欢大海，他说站在海的面前能切身感受到自己的渺小和天地的宽广。我绞尽脑汁地想象着，都无法体会他描述的感觉，只好喃喃地说自己都没有离开过这座城市，更别说看海了。他翻身把我搂入怀里，在我耳边说："你一定会看到的，有我在，我带你去看这个大千世界。"

我沐浴在他温柔的眼神里，他的臂弯里，任时光慢慢流淌，直至冰雪消融，春末夏初。第二天一大早我就被他叫了起来，他把拉杆箱扔在床上，让我赶快收拾行李。我揉着惺忪的睡眼，问他，去哪儿？他说，我带你去看海。

我们就坐在缓慢爬行的绿皮火车上开始了这段临时起意的旅行。我靠着他的肩膀，看着窗外的天空从蓝色变成紫色，又渐渐暗下来，陷入无边无际的深邃。月亮慢慢从星海中跃出，给大地罩上一层霜白。我才知道原来火车没有想象的那么快，原来月光可以这般清朗。我坐在并不舒服的座位上，心里却是无比轻松释然，看着陌生的景象直到眼皮打架，沉沉睡去。

列车晃悠了一夜，早上抵达 L 市。此时虽然已进入初夏，但海水似乎吸走了城市的热量，就连空气也被海风鼓舞着，变得有些莽撞。我穿了一件红黑格子法兰绒衬衫，一条水洗牛仔裤，脚上是三叶草的贝壳鞋。现在偶尔翻看那时的照片，看着那么土气的自己，甚至有些羞愧。可照片中，我脸上的笑容，是我再也找不回的表情。

出了火车站，我们直奔环岛路去看海——北方的海。天空有些阴沉，不管望向多远，都看不到天空与海面的分际线，只是灰蒙蒙地黏在一起。海水看起来很凶，泛起的波浪层叠着向岸边扑过来，好像在酝酿着什么。

燕子对低气压十分敏感，紧贴着、滑翔着，捕捉被水汽困住的昆虫。

"要下雨了。"他有些焦躁地说。我知道，他不想让糟糕的天气影响我愉快的心情。而此时的我全然顾不上天空的风起云涌，我呆呆地看着面前的海，眼中的景象第一次没有了屏障。我能看到很远很远，视野的尽头不再是钢筋水泥筑成的森林，也不是路口穿梭不停的车流。我被远方的深邃吸引着，海风夹杂着海水的味道打在脸上，勾引着人纵身跃下。我还沉浸在海的宽广中不能自拔时，大气层里酝酿了许久的雨水终于落下，天像裂开了一个口子，积攒着的沉重一瞬间泼了出来。

"我们快走吧，雨太大了。"他一边说着一边拉着我的手向屋檐下跑去。可我并不想走，还没看够，我想看天上的水和大海连起来的样子。他说，那至少去买把伞吧，不能就这么淋着雨。我们又跑向旁边的超市，进门后他直接告诉店员，买把雨伞，要最贵的。我自顾自地挑选了一把透明的伞，对他说，我想要这把。他说，这种塑料伞不结实的。我说，我不想让伞遮挡了我的视线。他没再争辩。我想着，在雨中举着一把透明的伞，让自己融入水天一色，一定是很美的。可现实是，我们刚走出超市门，撑开伞的瞬间，伞面就被风吹翻了。三十块钱，只满足了我对一个场景的幻想。他站在旁边，笑得合不拢嘴。他摸摸我的头说："文艺最终还是败给了生活。"

雨伞坏掉了，也没有了看海的兴致，我们只好返回酒店，想等雨停了再出来逛逛。可天裂开的口子一直没有合上，雨下了整整两天。

我们在酒店看了两天的电视，现在我已经清楚地知道李云龙是怎么当上独立团团长的了。在这期间，我们只有在吃饭的时候才会出来。酒店对面有一排居民楼，居民楼的一楼分布着几家小饭馆。L市的地势起伏不平，有些建筑会修在路基下面，我们过了马路，还要向下走一段楼梯才能进入饭店。

海边的风味自然是以海鲜为主，他问我，好吃吗？我说，好吃。他问我，什么味？我说，海味。

返程那天，雨终于停了。我们退掉了酒店的房间，虽然距离发车还有一段时间，但也来不及去太远的地方消磨了，只好围绕着车站闲逛。转过一个街角，听见叮叮当当的声音，转身看去，从路的那头开过来一辆有轨电车。这种只在民国电视剧中才能看到的交通工具居然还在街上行驶，我惊异地看着。他知道我在好奇，于是直接拉着我上去乘坐。坐在电车上，更觉奇妙。车走得很慢，有充裕的时间看着车窗外的行人和慢慢向后退的招牌。对我来说，这辆复古的观光车就像游乐场里的游乐设施，有种穿越般的快乐感受。现在回想起来，那时的自己虽然土得掉渣，连有轨电车都会觉得新鲜无比，却是与"快乐"最亲密的时候。

这场没做任何准备的旅行结束了，虽然我只看到了雨中的海，虽然大部分时间都是在酒店度过的，但对我来说，这已经是莫大的奖赏。他给了我太多的第一次：第一次坐火车，第一次旅行，第一次看海，第一次坐有轨电车……时间一丝一毫地流淌着，一点点在我们身上增添着各种各样专属于彼此的第一次。我那颗被冰封住的心已经彻底融化了，与此同时，我开始有了新的心事。

……

桌子上堆放的空笼屉被撤走，换上一只青花茶壶。烟草燃烧产生的烟雾和茶杯里冒出的热气混杂在一起，随着灯光摇曳，飘浮着。姑娘的目光聚焦在忽明忽暗的火星上，陷入了沉默，或许是沉思。我不忍打搅她，用牙签专注地搜刮着残留的食物残渣。一支烟很快抽完了，姑娘把烟头捻灭，又把烟盒拿起来把玩，似乎在犹豫。最终还是又抽出一支，叼在嘴里。火光再次燃起，新的烟雾再次汇聚。

"实话实说。这种旅行经历还不如一个人独自旅行吧？没什么意义啊。"我说出了我的想法。

姑娘的声音从烟雾中传过来："那你认为旅行的意义应该是什么？"

"去目睹，去经历，去见证。"

"我第一次目睹了大海，第一次经历了离开家，去到陌生的地方，见证了我们之间存在的……"

"我懂了。"也许一场刻骨铭心的旅行不在于距离有多远，目的地有多么不为人知。一条街，一幢楼，一段对话，一次别离，都可能成为一段旅程。"从那儿之后，你们的感情肯定更好了吧？"

姑娘轻叹了一口气，把夹杂着余灰的火星扼杀在烟灰缸里，说："我不知道……"

……

旅行归来，生活的轨迹又回归日常。白天的时候，我继续在眼镜店

140

里荒废着，观察着来来往往的人，尤其是"楼上的"女人们。她们一个个气质优雅，衣着得体，衬着精致的妆容，Starbucks 的拿铁似乎是她们的标配道具，我无法驾驭的高跟鞋在她们脚下也被驯服得无比温顺。我渐渐对自己的样子产生了自卑的情绪，我甚至认为她们的人生也许会比我精彩吧。从前的我，是不在意这些的。我天真地以为衣服是身外之物，穿着舒服才是最重要的。可在她们身上，无论是 Dior 的定制套装还是 Chanel 的手袋，都好像和她们融为一体。她们用身外之物让自己完整，用完整的自己吸引别人的目光。

有一刻，我想成为她们，我想成为别人关注的对象，我想成为能发着光的人。我开始模仿她们，拙劣地模仿她们。我学她们用化妆品遮盖自己的皮肤，学她们品尝手磨咖啡的苦涩，学她们抽烟，学她们穿着高跟鞋依旧健步如飞。他看出了我的变化，却只字不提。他包容着我天真的动机和拙劣的演技，他用善良支持着我，给我买来做工考究的衣服，带我去最热门的餐馆，去看最新上映的电影。偶尔他会送给我几本书，他说，人的气质不是由外向内的，而是由内而外的，腹有诗书气自华。

虽然我不能完全理解他说的话，但他总不会错的。于是，我在白天上班时除了盯着楼上的女人，偶尔还会偷偷翻书，还好我的柜台客流量小，一切似乎还互不干扰。到了夜晚，我通常要等到商场关门停业时才会下班。而他的工作时间要比我灵活，有时他会早早回家，准备好饭菜，再来接我下班。冬季的一天，大雪纷飞，我们踩着齐踝的积雪一步一个脚印地跋涉回家。刚进家门，扑面而来的火锅香气萦绕房间，满满的幸福感包裹着我。我还没脱下外套，就迫不及待地掀开锅，他笑着把我抱回门口，拍打着我身上还未融化的雪花，边拍边说我是"贪吃鬼"，像批评做错事的小孩，手上的力道都有些加重了。他命令我必须换好睡衣才能吃饭，我嘟嚷着完成了他的要求，才坐回桌旁准备大快朵颐。他把电脑打开，播放了一部电影。就这么边吃边看着。我的心思全都没在电影上，只想着是先下粉条，还是先下肉片。渐渐地，注意力被电影吸引，手中的筷子不知什么时候停了下来，呆呆地看着影片直到结束，字幕一行行出现在屏幕上。

我完全没看懂那部电影。我只知道，我越来越喜欢他了。他让我明白，原来电影不光是武打枪战，不光是无厘头，电影也可以如此深沉。他带给我的不仅是温暖，还把更宽广的世界展现在我的眼前。我感谢命运让我遇到了他，因为他，我才发觉自己可以变得更好。

我们像一对小夫妻一样过着平凡而温暖的小日子，我曾以为生活会永远这样下去。人的感情特别像水，有多种形态，这些形态取决于所有可以波动心灵的经历，取决于那些走进心里的人。我心中被冰封住的感情早已彻底融化，幻化成水，水的温度不断升高，一点点越过我们都未曾发现的临界点——危险的临界点。当他绘声绘色地勾勒我们未来的美好画面时，这种感觉愈发强烈。他说，他要给我们买一栋大大的房子，养一只胖胖的狗。我想实现他说的未来，我想出现在那个未来的画框里，我想拥有他的现在，他的未来，我想霸占他的全部。可我深知自己配不上他，我的平凡永远无法追赶上他的优秀。我不知道我在他心中是怎样的形象，我害怕我的存在对于他来说是微不足道的。我越想占有他，这种来自反差的自卑就越被放大。

我的痛苦，来自我的能力不能满足我的欲望。

直到有一天，我对他说，我想换个工作，我不想当一辈子的售货员。原本以为他会称赞我，鼓励我，为我主动的努力上进而欢喜骄傲。可他却对我的想法表现出了不满。"你的工作挺好的，又清闲，又轻松。干吗要换工作？"我不断地解释，他持续地反对。原来在他心中，我的样子不仅是平凡的，还将永远平凡下去。我赌气辞掉了工作，搬回了自己家。

妈妈对我的突然返回，没表示出太多的惊讶。只是默默做好了一桌子我爱吃的菜，吃饭时，她好像自言自语似的说：

"女人啊，还得靠自己。男人靠不住。"

过了几天，他终于打来电话。他说他错了，不该替我做决定，我的想法他都会支持。他还说，趁着我还没接新的工作，让我和他一起去旅游，既是赔罪，也是放松。我答应了他。这段时间他的工作很忙，只能请假出来陪我。空闲的时间只够参加一个"一日游"的旅行团，朝发夕归。车子很颠簸，时间也很紧迫，跟着导游像赶场似的从一个景点赶向下一个景点。所有的景色早已遗忘，一路上我都在想着灰色的海，想着阴沉的天，想着水天一色，想着天裂开了口子。

回来后，他继续忙工作，忙加班。没了工作的我好像也没了生活的意义。我不知道自己想做什么，能做什么。只好窝在家里看那些不痛不痒的电视剧。每天最高兴的时候，就是看见他的时候。为了早点见到他，我去他的公司等他下班。站在门口，看着来来往往的男男女女，想着不久之前自己还身在其中，现在这一切和我已经没有关系了，对于眼前的场景竟有些失落。有时候，我会在家做好饭

等他回家。我知道那种下班回家时，热腾腾的饭菜摆在桌子上的温馨感觉，我也想让他感受到。可对于做饭来说我是不折不扣的新手，做出来的饭菜难以下咽不说，笨手笨脚地鼓捣着锅碗瓢盆更是险象环生。有一次开火时还燎到了自己的眉毛，导致那段时间必须画好眉才敢出门。从那儿以后他就不再让我做饭，而是等他回家下厨，要么就用各种外卖填饱肚子。一个人在家的时候，白天的时间好像被拉长了。太阳东升，他出门上班，我在家看着空荡荡的房间，索然无趣。没事做的时候，就会胡思乱想，从来没有过的思绪和猜疑从脑海中阴暗的角落里慢慢爬了出来，在耳边报告着它们的最新发现。我发现我的世界已经全部被他占据，想的念的都是他，没有他在身边，我对周围的一切都无所适从。我开始想办法让他的身影填补他不在的时候。我在网络上想尽一切办法搜刮有关他的蛛丝马迹。我一遍一遍地浏览他的微博，他的人人网页面，他的所有社交网络主页。靠猜测和哄骗得到他的邮箱密码，看他注册过什么网站，登录过什么贴吧，挖掘他在互联网上留下的所有痕迹。每次有新发现的时候，心中便充满巨大的满足，好像自己是间谍特工完成了某种神秘的任务。那时的我，就是一个网络上的跟踪狂。

……

我把空了的笼屉推向一边，回味着刚吃完的叉烧味道。伸手去够桌角的纸巾盒，她体贴地把纸巾盒推向我这边。"刷刷微博算不上跟踪狂吧，至少不算疯狂。"我边擦嘴边说。

"你有试过每隔五分钟就刷新一次，并且只刷一个人的微博吗？"

"一个上班的人，能有多少时间写微博？又不是段子手。"

145

"起初，我也是这么想的。后来我才发现，他背着我注册了一个小号。"

……

不断地搜索发掘终于有了回报，我发现了他的微博马甲。他用一个我不知道的邮箱偷偷注册了一个我不知道的微博小号，对我来说，这是最重大的发现。在这个微博上，他悄悄记录着关于我们的所有点滴，像一个时间胶囊，把我们所有的记忆都深埋其中。现在我打开了这个时间胶囊，我和他的所有过往像快速播放的电影胶片一样投射在脑海中。从第一次相识，到同居，到旅行，到争吵，到甜蜜……这就是他的私人日记，他把他的心和他的情感都记录在这里。除了每天的琐碎小事，他还把他对我的所有承诺记录下来：想带我吃的东西，想带我去看的风景，所有的心意都一一记录下来。我一篇一篇地翻看着，屏幕上的文字变成一个个微弱燃烧的小火苗，火苗汇聚，变成一团暖暖的篝火，在我心里烘烤着。心里融化了的冰水慢慢沸腾起来，在体内升腾着，从心底到眼窝，溢出眼角。我轻轻摩挲自己灼热的面颊，感受暖暖的泪滴滑过指尖。

……

姑娘说着把手机递了过来，屏幕上是一个微博主页。头像不是真人照片，关注为零，粉丝寥寥，就像一个被机器经营着的僵尸粉。微博上的内容，都是一些在我这个外人看来没有任何意义的话语：

我总是不知道该用什么样的词语来形容她带给我的感觉，直到今天听到一首歌《你是我心中一句惊叹》，爱原来是这般模样：只一秒你就轻易地攻入我心上，该怎么形容我此刻的感想……当所有人以

146

为我喜欢孤单，是你敲我的门再把我点亮，你是我心中一句惊叹。

在一起后，我只带她出去过两次，去的地方都很近，时间也很短，其实我最想带她去的是西藏，那是存储朝圣者灵魂的地方，我一定会带她去一次西藏，这是我的承诺。

没等我完全读完，姑娘便收回了手机。在我看来，即便内容再怎么感人肺腑，也犯不上时时关注。姑娘说，如果某一条微博在她看到之前就被删除，她就永远不知道他写了什么，她怕错过。她不想错过，不想错过任何一个字，任何一句话，她想把所有的感动都深深刻在心里，就像刚发现这座秘密花园时那样。

……

合上电脑，我早已泪流满面。原来被人惦记，被人宠爱的滋味是这样的，字里行间的爱意全部是献给我的，我知道，只是献给我的。不知不觉，天已经黑了，猛然听见开门的声音，他回来了。我慌乱地跑到门口，一把抱住他，任他挣扎也不松手。他无奈地说："该吃饭啦，吃完饭接着抱，乖。"这时我才发现，他双手还拎着一大堆东西。吃饭时我忍不住撒娇问他，那个微博是不是他写的。他说他不知道，我一口咬定就是他，他依旧不承认。不管他承认与否，我已经认定微博的主人就是他，微博记录的就是我们的故事。但从那天以后，那个隐藏着的微博就再也没有更新过，我一方面更加认定他就是作者，另一方面也没有了新的内容可看，就像一直追看的电视剧突然被制作方腰斩了，心里陡然增添了几分失落。回归了百无聊赖的日子，我开始用电话和短信"炮轰"他。询问他在干什么，午饭吃的是汉堡还是鸡排饭，有没有想我……他的耐心回应逐渐变成了例行公事的敷衍，他说工作很忙，他说他在开会，他说等他回家。我顺从地等着他，他回家的时间越来越晚，等待的时间越来越久，白天也变得越来越长，长到可以吞噬黑夜，可以从黎明到黎明。我对他的想念无处安放，在纸上一遍一遍写他的名字，后来只要握着笔，我就会下意识地写，机械的运动，周而复始。这样的日子过了多久，我记不清了。我只记得我有了新的目标，有了努力的方向。我想时时刻刻都和他在一起，他在忙工作，我就和他一起工作。我决定进到他的公司上班，成为他的同事。

我上网查询他所在公司的招聘信息，看了一圈，发现自己满足不了任何一个岗位需求。就连扫地的保洁人员，我的年龄都不够。我的欲望再一次超过了我的能力。除了熟知各个眼镜的价格和特点，我没有任何一技之长。曾经的那种自卑又悄无声息地回来了，我和他之间的阶梯从未消失，只是被我忽略了而已。可这次，我决心要爬上去，我要理直气壮地站在他的身边。冷静下来发现，招聘岗位中，只有设计师的学历要求比较低，但对于业务技能有明确界限，需要熟练掌握平面设计软件。

这就是我的阶梯。

我报名参加了一家培训机构，学习软件，爱情的力量转变了我这个厌学者。我没日没夜地看书作图，上网学习更多的知识技巧。他笑着夸我进步了，让我好好学习天天向上。在他眼里，我的行为还是幼稚的，天真的，是一时冲动的，是三分钟热血的。也许他从未相信我能坚持学下来，也许他觉得我的目标永远也不能达成。

半年后我的学习结束了。这种纯粹的职业培训无法让我胜任设计师的工作，准确地说我只是个美工而已。可我知道，我已经踏上了阶梯，我迈出了第一步。我面试进入了一家小公司，像个学徒似的继续跟着有经验的同事学习。我有了工作，有了每天起床的意义，向阶梯上方一步一步用力爬着。我看着紧靠在身边的他，隐约觉得我们之间的距离好像更近了，又好像更远了。早晨我们分别出发，各自上班。晚上在不同的时间回家，被工作压榨得精疲力竭，胡乱吃点东西，倒头便睡。我开始了解了他的辛苦，他的压力，他说的话我已没有精力回应。声音飘忽着，让人心神不宁。

我们见面的时间越来越少，越是这样，我好像越能触碰他。终于有一天，我有资格去他的公司面试，应聘。结果意外地顺利，我可以全天候见到他了。上班的第一天，我装作一切正常的样子，早早出了门，期待与他在公司的相遇。穿过商场大门，穿过衣着时尚的男男女女，穿过 Starbucks。走到眼镜柜台的时候我停了下来，一个我从未见过的店员走过来对我说："对不起，我们还没有营业，请稍等一会儿。"我没有向她解释我来这儿的目的，对她说："如果有人来修眼镜，就尽量帮助他，有福报的。"她没来得及反应，我就在她诧异的眼光中转身离开，走向电梯。我终于成了我想成为的人。

进公司报到后，我的心思全然不在新环境上，而是等着他的到来。我幻想他看到我会是怎样的惊喜，这是我能送给他的最好的礼物。

终于他进来了，从门口径直走进了老板的办公室，紧接着从办公室里传出老板的咆哮声，刚刚还在聊天的同事们一下子全部安静了。我离开自己的工位，朝传出声音的方向走去，我不知道我能做什么，无意识地朝他的方向靠拢，整颗心扭作一团。门开了，他低着头从里面走出来，还没来得及关上身后的门，就看见我站在他的面前。我和他都呆住了，空气瞬间凝结，短短的一秒钟好像一个世纪那么长。

他很快调整好情绪，关好半开的门。时间随着门的关闭又开始流淌，身边的人对这一秒钟的静止没有丝毫感觉，只有我对他的反应产生了一种不好的感觉。

……

"他没想到你会出现。"

"那是当然。我都不敢相信我自己真的做到了。"

"也许他觉得你没有提前和他说起这件事，有些不妥吧。"

姑娘把一支中南海叼在嘴里，没有点燃。"开始，我也是这么想的。"

……

我在新公司的第一天就在压抑的氛围中度过。他没来看过我一次，也没给我打一个电话或发一条短信，好像我不曾在那里存在一样。他在自己的办公桌前做着自己的工作，偶尔会和路过的同事打声招呼。下班的时候，他还坐在那里，一动不动地盯着电脑。同事们陆陆续续离开了，公司里只剩下我和他两个人。老板突然从办公室里走出来冲他喊道："这么简单的事情都搞不定，在这儿傻坐着有什么用？！回家吧！"

他好像接到圣旨一般，迅速起身，收拾好东西转身走出公司。直到这时，他依旧没有看我哪怕一眼。我赶忙随着他离开，在后面快步跟着他，不敢叫他，也不敢发出声音。他走得很快，我必须小跑才能勉强跟上他的速度。一路的沉默带到了家里。我按捺不住愿望达成的喜悦，却又不敢轻易开口。他对今天在公司见到我的事只字不提，沉默着吃饭，沉默着洗漱，沉默着睡去。从那天开始，有一股寒流冲击着我们的家，窗外是炙热的夏季，屋里是寂静的寒冬。原本温暖的小家一点点变化扭曲，成了我不认识的模样。

转眼又到了冬季，午休的时候我和他一起吃饭。有一句没一句地说话。我努力搜索着他可能会感兴趣的话题，对他讲述听来的趣事八卦。他心不在焉地低头吃饭，不做回应，偶尔会用手用力抚平他的衣领。一股不安的情绪在我和他之间蔓延，我隐约觉得有些什么地方不对劲，可又说不出来问题所在。猛然间脑子中闪过一个念头，这个念头让我感到不寒而栗，我甚至嘲笑自己怎么会有如此荒诞的想法，我越想排斥，这个想法就越发清晰。餐厅里暖气开得很足，刚进门我就热得脱下外套，而他始终穿着厚厚的羽绒服，焦躁随着汗水滴落在桌面上。我下意识地探出手，揪住他的衣领拉了下来，露出一个鲜红狰狞的"草莓印"。我松开手，跌坐回座位，那个草莓印是那样刺眼，快要把我的眼球扎穿。我感到一阵恶心，胃里七上八下地翻腾，我捂住嘴强忍着没有吐出来。

他的眼睛里充满了慌乱，脸上的肌肉像被人为调动着僵硬地移动，他故作镇定地说："你可千万别多想，这是洗澡时搓出来的，我怕你误会，才想挡——"

"分手吧。"我打断了他的谎言。

8

"后来呢，到底是不是误会啊？"我焦急地询问。

"哪里有误会，如果真是误会的话，他也不会那么慌张。女人的直觉是很准的。当晚他就都跟我坦白了。"

"坦白什么了？"

"他向我坦白了他一直承受的痛苦。自从我从眼镜店辞职后，他的心里就开始觉得不安稳，他想要的是那个平凡的我，那个对世界一无所知的天真少女。我努力向他靠近，他感觉我离他越来越远。我没日没夜地学习、工作，他只觉得自己承受压力没有我来帮他分担。我在忙，他也在忙。终于我站在了他身边，他却觉得无法再面对我，他说，我要从他怀里飞走了。"

"那早就应该分手啊？这样事情也会简单一些。"

"真这么简单就好了。他还想继续照顾我，像照顾孩子那样照顾我。

"他只有提升自己，把我辛苦走完的台阶再次垫高。他越努力，压力越大，最终在工作中出差错了，也就是我第一天看到他被老板训斥的那一幕。后来一次他招待客户，喝了很多酒。事情就发生了。"

"这回总该分手了吧？"已经知晓结果的我想快进到结尾。

"如果那时分手了，结果或许会好一些吧，或许……"姑娘短暂沉默后继续说"当晚我并没有原谅他，我第一次感觉自己受伤了，很痛。想离开他，想回家。但这些年与他的相处也让我成长了不少，我意识到不能让妈妈看到我这个样子，不能让她再次伤心。我压抑着，继续住在这个已经不能称作家的房子里，浑浑噩噩地数日子。那晚过后，他恢复了久违的殷勤，加倍的殷勤。我看着他的泪水，看着他慌乱地对我好，慢慢卸下了抵抗的心。想着就这样吧，或许像他说的以后不会再发生了，或许像他说的我们还有好长的路要走，我们还没有实现我们早已勾画好的未来呢。或许可以剪掉那一晚，重新开始。慢慢地，我们好像真的可以重新开始了一样，他也确实没有再出过轨，直到最后都没有。"

"那……那你们现在……为什么还……"分手两个字，此时我怎么也吐不出来，只好支支吾吾地问着。

"本以为一切都可以恢复原状，可是撕碎的纸即便粘回一起，裂痕也不会消失。他在我心里划了一道口子，我没法假装没发生过。虽然他依旧对我温柔，依旧对我好，但我已经心生芥蒂，没法再相信他了。

"总会神经质地找机会翻看他的手机，偷听他打电话，我的眼睛不休不眠地盯着他，一直盯着他。在办公室，在家里，连睡觉时我都没法放心。好像我必须发现点什么，我希望发现点什么，这样我才能满足。只要有丝毫不满，我就会把旧账翻出来，我想激怒他，激怒他，他就会露出马脚，就会被我发现，我才能得到满足。我们在一起的最后记忆，就是在分手、和好之间不断地循环。直到有一天……"姑娘笨拙地摆弄着打火机，颤抖的手却迟迟无法点燃，我掏出打火机伸到她面前。借着火光，我看见她空洞的眼神，她的精神又被拽回到那个不愿想起的时间，身体机械地诉说残留的回忆。

"那天是 2012 年末的前一天，他突然对我说，分手吧，我们现在在彼此折磨，爱情已经被烧光了，只剩下痛苦和恨，他说不愿意再继续下去，不愿意把那些美好的回忆耗干，就停在这儿吧，把仅存的美好留下来。我抱着他，问他，那些你曾经给我勾画的未来，一栋大大的房子，一条胖胖的狗呢？他说他现在已经不再想那些了。我哭着求他和好，他也不理会。明明是他有错在先，最后却变成我在央求他。现在想起来，真是厌恶自己当时的嘴脸……"

"分手"这个词，是权力的皇冠。谁先说出口，谁就有了至高无上的审判力量。一个词就能掉转双方的关系，让高傲变得卑微。男人和女人最大的区别，就是女人口中的分手，多半是口是心非。无论自以为多么决绝，对方的哀求都能够轻易突破防线。但男人口中的分手，绝没有反转的可能。

"他搬回了自己父母的家，他的家离公司很远，需要坐将近两个小时的公交车才能到公司。可为了躲开我，他宁愿这样。我们在同一个公司上班，一切都还没有结束，还有希望，我当时就这样想着。于是我每天差不多都要提前一个小时到公司，把他的办公桌整理一遍，再放些提前准备的小礼物，糖果、零食，把那些象征我们共同记忆的信物留给他，希望他能想起我们最初相遇的时候，每天如此。下班的时候，我会尽力去追他，他也尽力去躲避我。那天我到公司后，发现他的办公桌空了，什么都没了。我抱着一丝希望幻想他能从外面走进来，但他再也没有出现过。我的心真的空了。我请了年假，回到我们的小家，躺在有他味道的床上等着他回来。我不甘心，也不愿意接受这个事实。我索性辞掉了工作，一个人闷在房子里，发疯似的给他打电话，给他发信息，全部石沉大海，没有回音。我翻出了他的邮箱，想找到点什么，结果还是一场徒劳。我输了，一败涂地。

"有人曾说跌入谷底的人，以后都会变好，因为你已经深陷谷底了，没法继续跌落。但后来我才明白，爱情的山谷是深不见底的。

"那年春节，我坐了两个小时的车去到他家楼下，拨通他的号码，这一次他接了。我说，你下来吧，我想见你。他说了句'算了'就挂断了。我又发了条信息，'我想见你最后一面'。我看到他房间的灯亮了，他打开窗户向下张望，我看不清他的表情。他关上了窗，熄灭了灯。我就站在那儿等他，一直等，从晚上十点开始一直站到凌晨五点。那天下了一夜的雪，我站在雪地里，浑身冰冷，那晚我彻底清醒了。"

想起我们相识的契机，我一下全明白了。春节对她来说并不代表喜庆和团圆，只留下冰冷的雪夜和决绝。

"后来，我再也没给他打过电话。但是我依旧每天登录他的邮箱，他的博客。后来发现他注册了一款游戏，以前他是从来不玩游戏的。我也跟着他注册了，还在游戏里加了他为好友，每天跟着他一起沉迷在游戏里。打出的装备都送给他，直到有一天在对话框里他突然问'是不是你'，我回答不是，从此就不再玩了。这就是他对我来说最后的形象，一个虚拟世界里的3D角色。"

最后的折磨，是一段丑陋的经历。她说她在挽回，可在我听来，她是在用力推开，她在渐渐远去。她用伤害自己的方式，不断地验证这段感情的失败。她要证明给自己，她要让自己认可，直到彻底相信为止。

"你说得对，我就是让自己不断地死心。"姑娘印证了我的猜想。

"你现在还恨他吗？"

"我曾经恨过他，希望他死，希望他惨死。我越恨就越痛苦，有时睡觉都会把自己哭醒。每天都是黑色的情绪，我甚至想我怕是得抑郁症了。过了很久我才走出来。现在我感谢他，快乐终究还是多于苦难。"她苦笑了一声。

"我曾强烈地否定，否定这段过往的存在，但一切都是徒劳。即便现在早已过了失恋期，但只要听到我们一起听的歌，看到一起看的电影，我还是会想起……"

　　离别后，如何面对孤独的千年
　　每一天，刻着沉重的思念
　　说再见，在这梦幻国度最后的一瞥
　　清醒让我分裂再分裂

"事情已经过去了那么久，到现在，这些歌响起，我哭不出来了，但眼睛还是会湿润。以前我不爱哭，跟他在一起后，眼泪好像也变多了。可能之前我从没真正伤心过吧……"我看见她的眼角又有光亮闪烁。

"有一次李志来演出，我去现场了。因为他特别喜欢李志，当时我以为他也会去，我期待他会去。那天演出的场地特别小，人也不多，如果他去了我肯定能找到他。台上唱的什么我根本没注意听，就在那儿四处张望，演出结束，我也没能看到他的身影……

"他会给我唱《命中注定我爱你》的片尾曲，那个画面我现在还记得。我俩躺在床上，他就对着我唱。他唱歌跑调，还特别爱唱，还会录下来把录音发给我。我一边嘲笑他，还会说好听……

"我俩在街上走，走累了就坐在街边吃麻辣烫，旁边车辆不断经过，泛起的灰尘都会落在碗里……"

她已经彻底陷入回忆了，说出的话语也丢掉了逻辑。我想说些什么，话到嘴边还是作罢。我不敢打扰她，仿佛惊动了她，就会让她失去一些很重要的东西。恐怕是这样了，从来没有伤口能够被治愈，它就在那儿，永远在那儿。漠然地住进时间里，等一些过路人探寻。直到一些新的伤心进来，将旧的遗忘。

姑娘手中的烟渐渐燃尽，自始至终都没吸一口。她扔掉烟蒂，情绪渐渐平复下来。"我悟出一个道理，想要一个人能永远记得你，就全心全意地付出，然后再抛弃他，这样他这辈子都不会忘记你。"

"故事讲完了。"姑娘放松地靠在椅背上，脸上浮现出一个我从未在她脸上看到过的表情，轻松的表情。

"为什么要跟我讲这些？"

"不知道。可能只是把你当作一个树洞吧。这是我第一次，恐怕也是最后一次和别人说起这个故事。"

姑娘起身准备离开，我留在座位上。此时此刻，我想不出和她同行的理由。

"我们还会再见面吗？"我提出了最后一个问题。

"也许吧，随缘吧。"姑娘把还剩下一半的中南海烟盒丢给我，"剩下的给你吧，我不要了，有股怪味。"

这是我最后一次见到她。

有时候爱情带给人的折磨，或许并不是那些轰轰烈烈的声嘶力竭，而是生活。渗透在生活里的细微变化，薄如蝉翼的隔阂，一句无意的话，一闪而过的想法，都有可能造成你未来几年甚至几十年的深入骨髓的痛苦。

9

从广东回来之后不久，我就辞职离开了北京。没有什么特别的原因，只是清楚地知道自己还是喜欢摄影，还想去试试追自己的梦。在离开的火车上，我凭借着模糊记得的只言片语，搜到了那个男人的微博。

在某一个时间点之前，他似乎有些痛苦难过。在某一个时间点之后，他似乎变得很幸福。在那个时间点，他去了西藏，和另一个女人一起。照片里，男人憨憨地笑着，他终于履行了自己的诺言，去了储存朝圣者灵魂的地方，只是和不同的人。掏出手机想给姑娘送去一句问候，想了想，还是作罢。有时候，放手离开或者故作镇定，都不是真正的解脱。真正解脱的时候，只有自己知晓，放下了，也就不再回头了。这个道理，想必她也懂得。贸然的关心只会给人带来烦恼。

车窗外的风景急速地向前向后延伸着，一块块石头、一棵棵树木、一栋栋房子、一座座山峦连成线又化成面，它们失去了各自独立的边缘线。你不知道应该从哪里切割分离，哪部分是她的，哪部分又是他的。你能看到的只有他们融合在一起的面貌。像是两个生活在一起的人，早已无法择清存在于自己身体里的部分哪一个是自己，哪一个是对方。随着时间一秒又一分的转动，这些分不清你我的混沌纠缠不断地融合发酵着。火车到站了，一切融合的东西迅速脱离彼此，独立处在自己的风景中，一切发生得干净利落。如果人与人之间也能如此，恐怕就不会有什么失恋的痛苦了吧。人们之所以会被失恋这样无聊的情绪搅得天翻地覆，大概就是因为这些无法从自己身上扔掉的属于对方的东西，我们甚至无法区分对方究竟在我们身体里留下了什么，我们在堆满杂物的壁橱里翻翻拣拣，看了看，又丢回去，徒劳无果。

分手之后，他的手表，他的袜子，他的行李包还有他送你的纪念日礼物，你都可以狠下心把一切有关他的物品打包扔掉。但他留给你的习惯，带给你的影响，那些早已深深融化在你体内的东西，永远也摆脱不了。

一个人的习惯，究竟有多少是真正属于自己的？

那些刻意的喜好也好，不经意的选择也好，能挑拣出几分完全归功于己？

人们常说你要"做自己"。好像我们的身体与灵魂并非浑然天成，而是人工雕琢出的手工艺品。把"自己"肢解分离，只看见一地来自"他人"的残破碎片。何为自己？何为他人？

但生活还要继续，故事还要继续。

多年以后，我收到一份影展的邀请函。宣传页里出现了姑娘的身影。

她站在一个天很高很蓝的地方，背后是羊卓雍措。

PART 03 THE COLD BREEZE

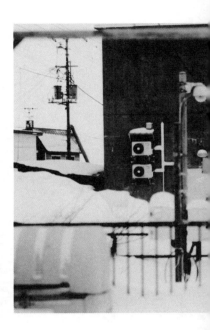

以自己的方式离开这个世界的人，并不需要任何的怜悯和唏嘘。
或许，他们只是选择了自己最舒适的方式与苦难告别。

透骨的晚风

PART 03

THE COLD
BREEZE

透　骨　的　晚　风

THE COLD BREEZE

以自己的方式离开这个世界的人，并不需要任何的怜悯和唏嘘。或许，他们只是选择了自己最舒适的方式与苦难告别。

1

我喜欢旅行，但不喜欢旅游。曾经有过一次跟随旅行社出行的经历，下车看庙，上车睡觉。最后一天在导游的怂恿下买了一堆义乌生产的小商品。从那以后，我再也不相信旅行社，不相信导游了。

回想那次旅游经历的收获，也只有沿途的景色值得一提。吃的饭，坐的车，说的话，见的人，和平时的正常生活别无二致。旅游，是为了从按部就班中逃离。结果我没能成功逃脱，只是从一个笼子转移进了另外的笼子。我不喜欢这样。

后来开始自己计划行程，独自背着行囊走南闯北。从熟悉的轨迹中抽离出来，以陌生人的身份见到了陌生的人，说着陌生的话。赤久朱德寺的喇嘛送给我的糌粑有些苦涩，大理偶遇的辞职白领对我诉说着苍山洱海的故事。每段旅程都是生命中的岔路，体验着不同的起承转合。

自由行唯一的缺点，就是开销太大。有钱的时候，叫自由行；没钱的时候，只能叫穷游。手头不宽裕的时候依然抵挡不住远方的诱惑，想去看看，去走走。所幸自己还有相机，还有人愿意成为我的拍摄对象，我就用旅拍支撑起自己的小小梦想。在网络上提前公布自己的行程，和客户约好时间，抵达当地后为对方拍摄一组照片，收取一点费用，用来支付自己的出行花销。虽鲜有盈余，但还够对付着把一段段旅程走完。那段时间，感觉自己像一个流浪的艺人，相机就是我的乐器，快门声就是我能奏响的最高亢的音符。

在拍摄过程中，难免要和拍摄对象有所交流。我渐渐发现，这些陌生人在镜头后面慢慢都会放下戒备，向我敞开心扉，说出他们的故事。他们知道，拍摄结束后我会带着故事从他们的生活中永远消失。对他们来说，也许我就像一个行走的树洞，装填着他们深藏心中的秘密。我小心翼翼地把这些故事收集起来，在记忆中编辑成册。

所有的旅拍经历中，有一个人给我留下了很深的印象。时至今日，我依然无法判断他对我讲述的故事是不是真实的，但那种感觉却真切地让人悲伤。

那一次我的目的地是一座滨海城市。我喜欢海，想去看不同的海浪，吹不同的海风。照例在微博上发布了信息，无人响应。倒向身后的椅背，随手点燃一支烟，思考着自己是否能独自负担起这次旅行。拍不到人，就拍海吧，我这样想着。

凌晨一点钟，手机跳出私信提示。

"你好，在吗？"

我讨厌这种问法。人与人之间的沟通切勿耽误彼此的时间。甭管我在不在，有事说事，不在也可以留言啊。上来就问"在吗？"好像我必须守在电脑前等待你的问询，好像我的生活没有其他更有意义的事情可做似的。虽然此刻，我确实在无聊中等待。

"在的 。"在心中吐槽完毕，我还是回复了他。

"我想请您拍一组照片。"

"好的。时间安排在什么时候比较方便？"

"只要是白天，都可以。"

"还有别的要求吗？"

对方沉默了一会儿，字才慢慢显现出来。"请问你拍婚纱照吗？"

曾经有那么一段时间，摄影是我谋生的手段。无所谓创作，无所谓我的个人理念，只是单纯的饭碗而已，而且是我唯一的收入来源。在这种情况下，摄影师身上的艺术标签就被人为地摘掉了。婚纱、婚礼跟拍、静物、商品展示、建筑工地……除了犯罪现场，几乎所有以相机为工具的工作我都参与过。拍摄婚纱照，对我来说并不陌生，我只是单纯地提不起兴趣而已。

我思考了一下，觉得眼前的差旅费还是比实现理想更重要，便答应了下来。

"好的，那等您过来了我们再联络。"屏幕上显出了最后一行字。

关掉网页，准备洗漱睡觉。刷牙的时候还在想着这番奇怪的对话。会不会有什么危险？毕竟是只身前往陌生的城市。图财我倒不担心，反正我也没钱。图色的话……估计对方一个小女孩也不能把我怎样。我胡思乱想着，感觉自己脑洞开得有些大，还是先把准备工作做好吧。打包行李，预订车票、酒店，清空相机的存储卡。一切准备就绪，关灯睡去。

到了出发的日子，关好门窗，匆匆出门。

上车后发现自己很幸运，是靠窗的座位。安顿好行李，终于放心坐下。从背包里掏出电脑，放在桌板上，开始计划拍摄的地点和时间，最重要的，我想着拍摄结束后去哪里玩。窗外的树影向身后飞去，偶尔能看到站在田间地头的人站立着看向这边，随即也消失在视野中。相对于飞机，我更喜欢坐火车。无论是老旧而缓慢的绿皮，还是先进的高铁。火车的前进轨迹会莫名地给我一种鼓励：没有岔路，没有后退，只是向着远方的目标奔跑，仿佛能看见时间流逝的轨迹。所有浪漫的旅行好像都要坐着火车前往。漆黑的车头喷出滚滚白烟，升上天空变成了云；车轮碾过铁轨，发出有节奏的声响，是最好的背景音乐；同行的旅人会坐在对面，手中捧着一本《生命中不能承受之轻》，顺着书皮往上能看到她的眸子。坐飞机就永远没有这样的体验，一起一落，已越过万水千山，自己像一件被搬运的货物被传送至行程的终点。

169

火车到站，时间刚过中午。在站前的饭店匆匆吃了一碗不地道的兰州拉面，平复了饥肠辘辘。吃过饭，精神也恢复了一些，按照计划的路线前往约定的拍摄地点，一座距离市中心很近的海滨公园。我故意比约定时间提前一些到达，为了勘察周边环境。看到大海的瞬间，心情一下子放松下来，顾不上挑选拍摄背景，就随意坐在旁边的石凳上，呆呆地望着远处的水天一色。

北方的海有着自己的性格和形态。北方的海从来不是清澈的，温暖的。她毫不在意别人的眼光独自涌动着，或向岸边，或向看不到的远处，漫延着，伸展着。南方的海，像一个豆蔻少女，引诱着你投入她的怀抱。让人想与她亲近，用指尖去触碰，去感受她的温度。北方的海，是一个高冷的少妇，你听说过她的美，可见到她时仍只能远远伫立，她把头偏向你，你却慌忙地躲开。北方的海，静静看着就好。

"你好，请问是洛凡吗？"一个男人的声音从我背后传来。

转身看去，一对男女。男人穿着一套不合身的藏蓝色西装，系着大红色领带，脚下是一双叫不出牌子的黑色乐福鞋。发型显然是精心修整过的，看上去有些时髦但依旧保守。男人的眼睛透过黑框眼镜看着我，脸上隐约渗出几滴汗，强挤着笑容。目光左移，站着他的新娘，穿着一身白色的婚纱。款式中规中矩，也没有特别亮眼的配饰，看上去是在婚纱店租来的。新娘的妆容有些浓重，有些用力过猛，看得出她平时可能对化妆一窍不通。眼眶有些发黑，粉底未能完全掩盖，神色阴沉，只有脚上的红色高跟鞋还能让她全身有一丝喜庆的色彩。

我从他们的脸上看不到喜悦和兴奋，只看到疲倦和不耐烦，这种情形我见多了。所有的婚纱照看上去都光彩亮丽，无论男女都无比快乐，但拍摄的过程都是曲折而让人疲倦的。女人嫌男人不配合，嫌化妆师没有把她的脸画得小一点。男人嘟囔着花这些钱有什么用，拒绝摆出与自身气质不相符的姿势。这时的摄影师更像一个协调员，协调着新人，协调着灯光与服装道具，协调着气氛，协调着随时有可能破裂的脆弱婚姻。是的，现实中有新人在拍摄婚纱照时产生矛盾然后取消婚礼的先例。

"你好，我叫思礼。"男人伸出手，做着自我介绍。

我礼貌性地跟他握了一下手，开门见山地说："咱们开始吧。你有什么想法？"

"全听你的。"根据我的经验，这种工作是最难的。一个人说自己没有想法，实际上是一句谎话。每个人都有想法，只是出于各种考虑选择隐瞒而已。对方嘴上说的"全听你的"是为了让你提出方案，他就有了反驳的对象，而这就是"他的想法"。我把那些轻车熟路的点子告诉了他，等待他的反馈。他有不同的意见，也就给我指明了方向。没想到他真的全部同意了，这真有点出乎我的意料。我们在讨论的过程中，新娘一直坐在不远处，低着头，摆弄着裙角。我悄悄对思礼说：

"她的情绪好像不太高涨？恐怕会影响我们的拍摄效果。要不这样，我们先在海边玩玩，不着急拍，先把她的情绪调动起来。"

"哦……不用了，就这么拍吧，拍一会儿也许就好了。"

171

他的反应让我始料未及。大多数人都会希望自己的婚纱照能展示出自己最好的状态，他这样敷衍应付也许背后有什么隐情吧。我没再多说什么，按照他的意思赶快拍完，收工拿钱，去吃花蚬子，这才是我的第一要务。

思礼把新娘叫过来，贴在她耳边说着什么。新娘点了点头，怯生生地看了我一眼，马上又把头转过去。

"可以了，我们开始吧。"思礼朝我喊道。

正光、逆光、侧逆光。"新郎高兴点""新娘靠着点新郎""新郎眼睛看着新娘"……一堆空洞且意义不明的词语从我口中说出，镜头里的两个人顺从地跟随我的指示。相机以几乎自动的状态捕获1/125秒的瞬间，记录在感光元件上，把所有的颜色和光线转换成数字信号。我和手中沉甸甸的机器一样做着机械运动。拍了大概半个小时，我发现没有一张满意的，照这样发展下去，拍出来的十有八九都是废片。

新郎的表现还好，虽然表情略有僵硬，但至少还算配合。新娘好像对眼前发生的一切都漠不关心，似乎跟她毫无关系。身体僵硬，目光空洞无神，任由新郎摆弄却始终没法融入气氛当中。相机的参数被我调节得有些偏冷色调，从取景器中看过去，新娘的白色婚纱透着一股诡异的气息，没法让我联想到纯洁和天真，反而让我想起了死亡。

我放下相机，招呼新郎过来；新娘马上蹲坐在原地，一动不动。

"思礼，我没叫错吧？这么拍不行啊，出来的片子都没法用。"

"果然还是不行吗？"新郎也表现出了一丝失望和沮丧。

"我看，咱们还是换个时间吧。我觉得你爱人的状态真的是不太好。"

"恐怕没什么时间了。"新郎小声说着。

听到这话，我的第一反应是新娘患上了绝症。像新闻里出现过的那样，在身体状况还允许的时候满足自己的心愿。可新娘的状态又不太像，那些勇敢直面死亡的人在拍摄人生最重要的照片时，至少都是快乐的，虽然快乐中伴随着绝望的气息。而眼前的这个女人，只会让我感到冰冷，像一个等身比例的人偶，空洞的躯壳里没有灵魂寄宿。这与我的猜测是违背的。我小心翼翼地试探着问新郎：

"她身体不太好？"

"是……是的。所以我才想抓紧点时间，我怕会来不及。"

"那你怎么不在当地找个婚纱影楼什么的，又有化妆，又有服装，把她打扮得漂漂亮亮，也许她会更喜欢吧。"他应该知道，我从来都是一个人工作，独来独往。

"人太多的话她会不舒服。而且，我不想记录下她光鲜漂亮的样子，那不是她。我请你来，就想让你拍出她真实的样子。"

我不知是该高兴还是该愤怒，他的话让我有些不舒服。可我对实际情况并不完全了解，只好顺着他的话往下说。

"这样吧，婚纱照我还是建议你找个好点的影楼。我可以在你们婚礼的时候做婚礼跟拍，绝对能满足你想要的真实。我可以免费给你们拍。"

"婚礼吗？不知道还会不会有婚礼。"

"没有婚礼你拍什么婚纱照啊？有这工夫还不如去看病。现在这样耽误她的时间也耽误我的时间。"我开始有种被耍了的感觉。

"你别着急，"新郎有些慌张地安抚我，"事情不是你想象的那样。我是怕她来不及办婚礼。"

虽然我对医学一无所知，但我至少知道在医生参与的前提下，人类余生的时间大致上还是能够计算出来的。

"听大夫的，在她还能的时候，圆了她的梦吧。"我开始同情那个可怜的女人。

"身体上的病，还能有个准。她的病，谁也说不好。治好治不好，意义不大了。说实话，我们没有结婚的打算，也不知道会不会有机会结婚。今天是我硬把她拽出来的，为了能把婚纱照拍完。反正该做的我都做了，以后怎么样，我也不知道。"

从始至终，他在说话的时候都表现得轻描淡写，好像他的爱人得的是感冒，吃点维生素就会康复。可我看得出，他对爱人的眼神是关切的，语言却有些冷漠。所有的信息在他身上扭曲着，让我捉摸不透。

"什么病这么严重？"这个问题虽然很不得体，但我实在无法战胜内心的好奇，我想知道得更多。

"她得的是抑郁症，很严重。我怕……我怕她可能随时会做蠢事，那时候就晚了。"他依旧轻描淡写地说。

新郎的话，不，现在还不能称他是新郎。思礼的话解答了我之前所有的疑惑，被欺骗的愤怒也随之烟消云散，刚萌生出的不解和同情盘踞在心头。冥冥中有种力量让我参与到他们之中，去结识去了解这对情侣。但我对他说出的病症完全没有了解，只是在新闻中知道这种心理上的疾病像一个看不见的魔鬼，折磨着那些不幸的人。可当时在我看来，所有的病既然能发现，就一定有治愈，至少有缓解的方法。就像身体生出的肿瘤，切掉就好，哪怕这瘤子长在心里。

"所有的病都一定有办法的，别灰心。"我试图鼓励他。

"没用的，你不了解。"思礼又说出了他的无奈。不知为何，我被他的消极和傲慢有些激怒了。

"现在你就把她判了死刑，怎么会有用？"我意识到自己的音量有些增大，赶忙侧目去看新娘。也许她没有听见，并没有表现出什么异样。我叹了口气，平复了一下情绪。"好吧，我确实不了解。可我想了解，我想帮帮你们。当然，如果你愿意的话。"

"谢谢你。"说完思礼低头思考着什么,又缓缓开口,"我给你讲个故事吧,可能会有些长,你愿意听吗?"

"我没心情听故事,我能做什么你就直接说吧。"虽然我有在旅途中收集故事的习惯,但此时在我看来绝不是听故事的好时机。

"听完故事,也许你就能对我有所了解,也许就是对我们的帮助。"

从他的目光我看得出,他对自己的想法很坚定。看来我是非听不可了。

思礼走到新娘身边,搀扶着她让她坐到不远处的长椅上。脱下了她的高跟鞋,放在一旁。又把自己的手机掏出来递给她。整个过程新娘都没有看他,目光最后落在了发亮的手机屏幕上。

思礼走回来,邀请我坐到另外的椅子上。

"你说吧。"我关掉了相机,扣上了镜头盖,看来今天的拍摄到此为止了。"我有的是时间。"我倒要看看他能说出什么花样。

"准备好了吗?"思礼的情绪轻松了起来,好像他要给我讲述的会是一个美丽的童话,或者一个令人捧腹的笑话。无论哪种,我都没法和死亡这个主题联系起来。

"话说,有这么一个高中女生……"

2

和所有的高中女生一样，若曦有自己的小秘密，而这个秘密只能是她有了喜欢的人。在高中，同学之间是很难有秘密的，尤其是女同学之间。谁喜欢哪个男生，常去哪家奶茶店，家住哪个小区，父母是做什么工作的，都会像表格一样逐条逐项地显示在自己的身边。所有"千万不要告诉别人"的事，最后所有人都会知道。俗话说，"秘事不传六耳"，在高中女生中，连"四耳"最好都不要告之。

一个人知道，全班人就都知道了。

若曦的秘密还没能传播开的唯一原因，就是她还没有告诉任何人。她不怕别人知道，在她看来，这个秘密并没有什么见不得人的。她只是怕一个特定的人知道，这个人就是阿豪。

阿豪原名叫宋文豪。在去年的成人礼上，学校要求男同学都要穿西装出席。大多数同学都会穿着借来或租来的西装，系着与衣服不相配的领带出现，有的像保险销售员，有的像饭店的大堂经理，也有的像刚上门的傻女婿。宋文豪那天没打领带，而是把衬衫领子放在了西装外面，衬衫扣子也故意少系两颗，露出里面已经掉色的镀金项链。同学们调侃他像港片里的黑社会，就开始称他"阿豪"或者"豪哥"。宋文豪很喜欢这个称呼，也就没有反对。在他看来，这个外号是对他的认可，这是少数几件他能被人认可的事情之一，他不想放弃。同学们的调侃和讥讽在他看来，都是善意的。

实际上，阿豪在班级里是个不太合群的人，更准确地说，是被排斥的人。在这所重点高中里，阿豪是少数几个没托关系，没走后门凭实力考进来的学生之一；也是少数几个不穿 Nike 鞋，没有手机的学生之一；更是少数几个从农村来的学生之一。

阿豪学习很刻苦，因为他不想像父母一样在田间地头度过一生。他更不想辜负了已经辍学的姐姐，姐姐把上学的机会留给了他，留给了家里唯一的男孩。重点高中对阿豪来说是改变命运的机会，进入了重点高中就有机会上好大学，学好专业，找好工作，有好收入，就有机会把全家从没过脚踝的水田里带到城市。这就是他的梦想。为了实现这个梦想，即便他不太合群，即便他被排斥，他也毫不在乎，因为这些并不妨碍他刻苦学习，努力做题。

高中的生活对于阿豪来说并不顺利。原本在县城能考进前几名的他在进入高中后，成绩就变得一般了，不上不下，不高不低。他不明白，身边的同学明明没有比他更认真听讲，也没有比他做更多的习题，为什么成绩就是比他好。阿豪知道，在别人打篮球、打游戏、玩手机、谈恋爱的时候他都在学习，他也不认为自己比别人笨，可成绩中游是肉眼可见的既定事实。阿豪不知道的是，几乎除了他以外的所有同学都在课外参加了补习班。上学期间有老师辅导上课，放学了有老师辅导做题。甚至有些补习班就是阿豪的老师们自己开办的，学生们可以在补习班里练习月考的题目。所以阿豪的同学才会见缝插针地打篮球、打游戏、玩手机、谈恋爱——他们的学习时间排得满满的。

原本日子只是这么一天天过着，若曦与阿豪除了是同班同学之外没有任何的交集。他们各自生活，各自把人生一点点走完，上大学之后就会忘记彼此的名字，指着高中毕业照片说："他叫什么来着？

想不起来了。"从此结婚生子，生老病死，再无牵连。人生无常，两个人的命运在无意之中交织在一起，却无人知晓。

若曦想不起来自己是什么时候开始喜欢阿豪的，也想不明白自己为什么会喜欢上这个从任何角度看上去都平凡普通的男生。男生在情感上发育得要比女生晚很多，有些高中男生还不知道应该把嘴唇上黑漆漆的绒毛剃掉，或者把修剪不善的寸头上的头皮屑清洗干净，总是不洗脸，不刷牙，拖着宽大并沾染着墨水印的校服在他人面前出现。有些男生已经"觉醒"，了解到外在形象的重要性，开始留着时髦的发型，开始穿潮牌球鞋。尽管有些人会矫枉过正，但在他们自己眼中，他们已经在学校允许的范围内尽量向明星靠拢。

阿豪处在两种状态之间。他很干净，每天洗脸，定期理发，衣着得体。虽然没有成为时尚达人，至少也是干净整洁。这在高中男生群体中已经算是十分难得。阿豪总是在默默做着自己的事，说得少，表现得也少。他没参加过运动会，不会故意在女生面前装作不经意地露出还没发育完全的羸弱肌肉；也没参加过艺术节，不会顶着一头漂白过好像稻草一样的黄发唱《痴心绝对》；更没加入过乱七八糟的校园帮派，想象自己是《古惑仔》里的陈浩南，一呼百应，成为学校里的扛把子。所有在轻狂年少时认为能吸引女生的事，阿豪一样也没做过。在那个本应因为幼稚而用力过猛的年纪，他反而表现出了一些成熟。也许这就是吸引若曦的原因。

若曦从来不是一个唯唯诺诺的小女生。她不喜欢粉色，不喜欢蝴蝶结，但也不是梳着齐耳短发下场与男生打球的假小子。她觉得那些都是幼稚的表现，她想赶快长大，长大了就能长发及腰，短裙过膝，穿着高跟鞋随风飘摆。但她也没有勇敢到对喜欢的男生表白，"如果被拒绝的话一定很丢脸"，若曦这样想。这不是勇气问题，这是面子问题。

　　若曦默默地喜欢着，阿豪默默地无知着。相安无事。若曦的长相在女生中不算出众，只是比同龄女生多了一些渴望成熟的期盼。这个特点也让她显得有些高冷，有些不容易接近，至少对于男生来说是这样。高冷对于男生来说不是一个吸引人的特质，高冷带来的距离感才是产生吸引力的源泉。普遍患有直男癌的男生们一厢情愿地认为若曦的高冷是装出来的，谁要是能把她降住了，她一定会服服帖帖，越是难以接近说明她内心越是躁动不安，她这叫欲擒故纵。这个谣言在男生中不声不响地传播着，甚至有人说谁要是能追到若曦，一定是男人中的男人。渐渐地，若曦的形象不再是一个同龄的女生，而是一个金光闪耀的奖杯，象征着某种顶点。奖杯就放在那儿，从未有人敢于伸手。

　　谣言传久了，渐渐也就成真了。最终演化成的版本是，若曦放出话，只有最爷们的男生才有资格做她的男朋友。这句挑衅似的"宣言"在若曦毫不知情的前提下嘲笑着校园里的所有男生，甚至传到了校外。

　　校门口每天都有一伙"混子"蹲坐在马路牙子上。他们没上高中，也没到工厂招工的年纪，每天无所事事，也没有玩伴。因为所有的玩伴都在马路对面用栏杆围起来的校园里。他们嘲笑着笼子里的学生死读书，心里向往着在这个年纪本应该做的事情。这群人的头儿叫黑子，因为他长得黑。不是健康的黑里透红的野性的黑，是单纯的由于基因遗传、曝晒、缺乏营养的没有光泽的黑。不知道听了谁的建议，黑子把头发漂成金黄，说这样能显得白一些，结果映衬得他的脸色更黑了。黑得像锅底。

黑子是校园里面所有向往成为"古惑仔"的男生的憧憬对象，在他们短浅的目光中，黑子就是黑社会。可实际上，黑子没打过架，也没犯过法，他做得最出格的事情就是花了八十块钱把头发染成金色。

而这已经足够酷，足够让他树立起自己玩世不恭的形象，成为方圆五百米之内的风云人物。黑子觉得自己应该再做一件大事，把自己的地位巩固扎实，这样就能收来更多的小弟，他就能成为真正的黑社会。黑子想做的，就是把若曦追到手。

他想得很容易，做起来很难，近乎不可能的难。

首先，黑子几乎看不到若曦。白天若曦在上课，黑子没法进入校园。不用说进入，每次想接近校门都会被拎着防暴棍的保安轰走。他很奇怪为什么保安不怕他，他可是方圆五百米以内最大的混子。保安挽起袖子，露出歪歪扭扭的文身和清晰可见的伤疤，说，我不认识你。黑子就再也没有招惹过他，黑子安慰自己，时机不成熟。黑子只能在放学的时候见到若曦，很短的一段时间，只有二百多米的时间。若曦从校门出来后，会步行一段距离走到路口，路口停着一辆黑色的奥迪 A6L 汽车，若曦就坐着这辆车回家。开车的不是若曦的父母，而是若曦母亲的司机。上了车，黑子就没办法了，他也知道坐奥迪车的人都不太好惹。所以他每天的窗口期只有二百米，他就在这二百米内纠缠若曦。

黑子没钱买鲜花买礼物，他能炫耀的只有自认为与众不同的身份。若曦从校门出来，黑子就会迎上去强行和若曦聊天。问她今天过得好不好，学业重不重，考试难不难。若曦从来没正眼看过他，也没和他说过话，把他当作不存在一样。面对若曦的冷若冰霜，黑子并不气馁，他认为若曦是在考验他，只要他持之以恒一定会有结果。

　　毕竟"男人不坏，女人不爱"，黑子坚信这一点，也坚信自己足够坏，一定能让若曦爱上自己。这种状况持续了两个月。若曦没跟任何人提起过这件事，也许若曦觉得大庭广众之下，黑子不敢怎样。也许若曦不想扩大自己的知名度，这种事好说不好听，自己忍着也就罢了。又或许，若曦只是单纯地瞧不起黑子，不屑理睬他而已。

　　时节已至冬季，放学的时候天已经彻底黑透，只能看到纷飞而下的雪花在路灯下反射着光。黑子的坚持终于有了回报。这天他一如既往地跟在若曦身边朝那辆奥迪车的位置走去，同时喋喋不休地吹嘘今天又把谁打了，他在哪里哪里已经扬名了。若曦一如既往地不予理睬。走到路口时，奥迪车没在那里等候，这点黑子和若曦都没料到。若曦隐约回想起来，母亲今天好像要去外地出差，就不派车子来接她，让她自己回家。若曦后悔忘记了母亲的话，没能提前和同学结伴回家。黑子有些放心不下，左右观望了一下，没有发现车子的踪影，才明白今天若曦回家的过程中会是独自一人。

　　若曦落单了。

　　黑子一步跨到若曦面前，停止了吹嘘，把语气调整为关切的口气："今天没人接你了吧？要不，我送你回家吧。"

　　"你滚开！"在黑子的一生中，这是若曦对他说的第一句话，也是唯一一句。

　　不知是因为早有准备还是脸皮太厚，黑子没有生气。反而满脸堆笑地说："别生气嘛，我也不是什么坏人，我就是关心你，怕你出事，跟我走吧。"说着，伸出一只手去抓若曦的胳膊，若曦用力一挣，无意中甩在了黑子的脸上，在外人看来，就像若曦打了黑子一耳光。这下黑子觉得脸上有点挂不住了，再次伸手死死钳住若曦的胳膊，语气也强硬起来："妈的给脸不要脸是吗？跟我走！"

若曦拼命想要挣脱，也没有喊叫。拥挤的人群在路口朝不同的方向散去，没人留意在微弱路灯下发生的这一切。偶尔看到的人也只认为是情侣吵架，没人上去阻拦甚至过问。若曦不敢呼救，她不是怕激怒黑子，她怕的是引起人群的注意，之后会被添油加醋地篡改成其他版本，会让她的名声有了新的变化。她清楚地知道，最可怕的不是眼前恼羞成怒的黑子，而是冷漠人群的众口铄金：人们会说是她主动招惹了这个小流氓；人们会说小流氓怎么不找别人偏偏找你，一定是你自己有问题；人们会说苍蝇不叮无缝的蛋；人们会说是她让几个小流氓争风吃醋，大打出手；人们会说她是一个不正经的女人，让自己的儿子离她远点……人们的话像刀子，像剪子，像锥子，会戳在人身上最柔软的位置，任由鲜血流淌，还在一旁指指点点，你看你看，她的血和我们的颜色都不一样，一定有问题。

若曦从来没觉得自己如此害怕和无助，她不知道接下来会发生什么，只是感到绝望、恐惧、悲愤，所有负面的情感一起涌来。她越用力挣扎，那只手就抓得越紧。若曦快要放弃抵抗了，眼前的景象开始变得模糊，泪水覆盖住瞳孔，射进眼睛的光芒旋转着变成一团团光斑。突然光斑被遮挡，一个看不清的身影出现在旁边，抓住自己的手从胳膊上松开了，黑影紧逼向黑子。若曦擦去了泪水，模糊的剪影渐渐清晰，她认出了那个背影，是阿豪的背影。

"放开那个女孩！"

……

"什么？"这句熟悉的台词把我从故事中拽到了现实。"他当时真是这么说的？"我盯着思礼等着他的回答。

"当然不是了。我也没在现场，他说什么我怎么知道。反正就是这个意思吧。"

"有意思吗？"我觉得他这个笑话有些冷。

"后面就有意思了。"

……

阿豪是偶然路过的，只不过从校门出去的学生都会从这个路口偶然路过，阿豪也就看到了这一幕。在其他人都无动于衷的时候他没法坐视不管，因为若曦是他的同班同学，而黑子是个街头混混。

"少多管闲事！你知道我是谁吗？"黑子吼道。

"我不用知道你是谁。"阿豪的声音有些颤抖。

"我告诉你，再废话弄死你信吗？"在黑子的认知里，只有狠话才是有效的。

阿豪把若曦挡在自己身后，与眼前这个校外闲散人员对峙着。他不怕黑子，单挑的话，以黑子的体格甚至有可能不是阿豪的对手。可毕竟阿豪只是一个老实巴交的普通学生，对于面对面的冲突没有任何经验，他没有时间考虑太多的后果，只是出于善良，出于本能站了出来。

　　被推开的黑子脸开始涨红，虽然没人能看出来。他向前一步，阿豪和若曦就后退一步。距离越来越近，阿豪已经能看到黑子的右手攥成了拳头。"豪哥，怎么了？"阿豪的几个同班男生走到路口，和阿豪站在了一起。虽然阿豪的朋友不多，但至少还不是被讨厌的对象，几个血气方刚的男生也想借着师出有名，跟黑子斗狠比凶一下——他们早就看不惯这个外强中干的小混混了。人一多，黑子就有些忌惮了。俗话说，双拳难敌四手，更何况十几只手。黑子觉得自己是好汉，不能吃眼前亏，但是面子上也不能认尿。

　　"成，仗着你人多是吧？有种就别走。"说完，黑子反而转身走了。

　　几个男生起着哄散去了，留下阿豪和若曦两个人。

　　"你没事吧？"阿豪问道。

　　若曦抿着嘴，摇了摇头。

　　"成，没事就好。以后小心点。我回家了。"

　　若曦叫住了阿豪，问他能不能送她回家，她还是有些害怕。阿豪答应了。

这件事在阿豪心中，很快就被忘记。在若曦心中，溅起了涟漪。

当然也在同学中有了新的传言。

3

　　第二天一进教室，阿豪就觉得同学们看他的眼神有些异样，他检查了一圈也没发现自己是衣服穿反了，还是头发没梳好。这种眼神在接下来的时间里越聚越多，不时还会有外班的人看到他时在背后指指点点。终于，阿豪从朋友口中知道这些眼神的来源：学校中盛传，阿豪和若曦谈恋爱了。

　　"行啊，这么大事都不跟哥们儿说。"朋友调侃道。

　　"我没有啊，你都跟哪儿听来的？"对于这个信息，阿豪一点准备都没有。

　　"别装了，我都听说了。昨天放学时你跟黑子打了一架，让他离你女朋友远点，有这事没？"阿豪越是分辩，朋友越觉得这事是真的。

　　"哪有这种事啊。这不胡说八道吗？"

　　"不管真假，反正这事是传开了。要不你就借坡下驴吧。"朋友打个哈哈钻进了教室，阿豪呆站在走廊里，回想着朋友说的话。

这个传言很快就传到了若曦的耳朵里。她没承认，也没否认，任由同学们轮番追问也不置一词。谣言止于智者，没有澄清，也就没有真相。谣言像自由生长的树木，渐渐长出新的枝叶。有人说，若曦和阿豪真的在一起了，是早恋；有人说，若曦在利用阿豪摆脱那些讨厌的追求者；有人说，是阿豪自导自演了一场戏，为了骗得美人归。对于所有的传闻，阿豪想解释，却没人在意，大家只相信自己愿意相信的版本。若曦那副不置可否的态度很快也让人失去了兴趣。

谣言传播得快，消逝得更快。没过多久，同学们的注意力就被新的事件吸引了。女生们继续讨论哪个男明星更帅，哪个女明星整容整得自然。男生们继续讨论在 NBA 里谁才是乔丹的接班人，哪个游戏最热门，哪个女生才是真正的校花。生活尘埃落定，归于平静。

海浪袭来，带走沙滩上的浮尘，留下晶莹剔透的贝壳，在阳光下闪烁着七彩。当所有人都不再提及那场不大不小的风波后，若曦还牢记在心。

事情发生大概一个月后，这天放学时，阿豪刚出校门就发现若曦在等他。之所以有这个判断，是因为在所有的背影中，只有若曦是面向他的。若曦平静地向他走过来，对他说："送我回家吧。"

没人知道阿豪当时的想法，他默不作声地再一次陪若曦走到她家楼下。一次，两次，直到最后。那辆奥迪车再也没有在放学的时候出现过，黑子也再也没有出现过。出现的，只有两个稚嫩懵懂的背影，走出校门，走过街口，走向远处的灯火通明，影子被拉得好长。

阿豪真的成了若曦的男朋友。若曦一直很喜欢阿豪，他能为她出面解围、英雄救美是她能想象出的最浪漫的情景。但是没人知道阿豪是什么时候开始喜欢若曦的。可能是在一次次放学回家的路上，可能他没法拒绝一个女生的告白。阿豪和若曦很有默契地没有刻意掩饰他们之间的关系，也没有大肆宣扬。就像所有的高中情侣一样，处于半地下的状态——同学之间尽人皆知，家长和老师一无所知。被同学排斥的阿豪慢慢融入了集体，他的朋友开始变多，有了玩伴，有了打球时愿意和他一队的队友。同学依旧称他豪哥，不再是讥讽和嘲笑的口吻，而是亲密的玩笑。阿豪在黑白单色的人群中渐渐有了色彩，从路人甲变成了有台词的男八号。期末时，阿豪还史无前例地评上了三好学生，他的优点一直都在，只是从来没人发现而已。阿豪依旧平凡，但不再平庸。

相比从前，阿豪开朗了，笑得多了，也笑得更灿烂了。

高中情侣不会有太亲密的举动——至少在校园内人们目光所及之处。若曦每天会给阿豪买一盒牛奶，每次都直接放在他的桌子上就离开，两人之间的交流只限于目光对上时的微笑。活动课的时候阿豪和若曦会沿着操场一圈一圈地走，不知在说着什么，又或许什么都没说。年轻时的爱情最珍贵的就是没有任何世俗功利的干扰。若曦不会考虑阿豪的家庭条件能否负担得起市中心的一套两室一厅，阿豪也不会衡量若曦的父母能否给他安排一份稳定的工作。他们互相陪伴，在单调乏味的高中生活中。

他们会永远在一起吗？他们会成为异地情侣吗？大学的校园会有长发及腰的北方姑娘和开着奔驰的富家少爷吗？这些问题从未存在过，也没有存在的必要。这种温暖的恬适似乎会永远持续下去，日升月落，夏末蝉鸣。

和大多数的高中爱情故事一样，阿豪和若曦最终还是没能走到一起。拆散他们的不是时间，不是距离，不是两室一厅，不是稳定的工作，不是北方姑娘和富家少爷。

是若曦的母亲。

4

若曦的母亲是教育部门的领导，处于部长和科员之间的不大不小的干部。黑色的奥迪车就是配给她的。若曦的父亲是个老板。跟马云比是小老板，跟当地的其他云比，还是数得上的。若曦的父亲从南方倒卖彩电赚到了第一桶金，最近的一桶金是卖掉了一个他参与开发的新楼盘。母亲有势，父亲有钱；母亲步步高升，父亲生意也是顺风顺水。若曦考入了重点高中，接下来会进入重点大学，在大二的时候以交换生的身份进入美国常春藤大学，接下来会考上普林斯顿或者 UCLA 的研究生，留在美国硅谷工作，取得绿卡，以探亲的名义把父亲和母亲从中国接到美国，在 Pasadena 买一栋有游泳池的大 House，举办中西合璧式的婚礼，接下来在中国的同学中杳无音信。

若曦的家庭配置堪称完美。完美，就是毫无瑕疵。毫无瑕疵就是在任何瑕疵出现前就要扼杀掉。而阿豪，就是还没被扼杀的瑕疵。

在一个阳光明媚的午后，黑色奥迪车在还没放学的时候就行驶到路口，慢慢地通过隔离带，慢慢地开进校门。车门打开，一位穿着一身灰色套装，梳着五号头的中年女子从车上下来，径直走进教学楼。

一路上认出她的老师们客气地向她打招呼，她无视掉所有的笑脸和谄媚，直奔一间教员办公室。没有敲门，也没有打招呼，直接推门而入。

若曦的班主任听到开门的声音，抬头向门口看去，在发现来的人是谁之后，马上站了起来，神情也变得有些紧张。

"您……您来了。"

穿着灰色套装的中年女子不紧不慢地随便找个椅子坐下，张开口，语气也是不紧不慢的。

"王老师，我今天过来是为了若曦的事。若曦最近的情况，您了解吧？"

"这个……若曦最近的学习状况还是挺顺利的。虽然上次摸底考试数学成绩好像不太理想，但影响不大。"班主任王老师并不知道若曦母亲此行的目的，想当然地以为她想要了解的是若曦的学习情况。

"王老师，若曦的成绩我从来是不担心的。我指的，是别的事。"

"别的事？您的意思是……"

灰色的套装轻微抖动了一下，说道："阿豪，是你班里的吧。"

"阿豪，您是问宋文豪吧，是我的学生，学习成绩还可以，挺老实——"

灰色套装利落地起身打断了王老师："现在把他叫出来吧，我想跟他谈谈。"

王老师就算再迟钝，此刻也大概猜到了端倪，她原本可以找个理由拒绝这个不可一世的家长的要求，可以把见面推得迟一些，再迟一些，直到不需要这场见面为止。不知是由于胆怯还是单纯的顺从，甚至是对某种未知的恐惧，她不由自主地移动着发福的身体，一步一步走出她心爱的办公室。这间办公室是王老师费尽心力得来的，它处于整个教学楼的最顶层，视野最好的地方，推开门就是长长的走廊，走廊的一侧是十一间教室，另一侧是一排可以让阳光自由通行的通透玻璃窗，窗外有几棵老树，其中一棵的枝丫努力地朝着窗户的方向教室的方向生长着，现在已经有三片叶子生长到了走廊里。为了保护这些叶子，王老师没少操心，每天早上都要到各个班级嘱咐学生们不要伤到叶子。因此，私下里学生们戏称她为"护叶保姆"，后来又简化为"叶保"。或许是因为"叶保"和学生们的关系还不错，抑或是她的执着让学生们于心不忍。这些本应处在最调皮捣蛋年龄的孩子自发地团结起来，保护着"叶保"的心爱之物。王老师从走廊走过，满意地看了一眼叶子。一阵微风吹过，三片树叶发出微弱的沙沙声，和王老师的裙子一样。

阿豪的教室在走廊的尽头，很快，王老师便走到了教室的门口。这也是她喜爱自己办公室的原因，距离教室不远不近刚刚好，既可以及时知道那些想知道的事情，也可以隔离那些不想知道的事情。这是王老师从事教师工作多年积累下来的教学智慧——睁一只眼闭一只眼。王老师礼貌地敲敲门，与任课老师打过招呼后便把阿豪叫了出来。同学们看着他离开的背影，互相交换着眼神还有纸条，他们知道这一天终于来了。只有阿豪，一无所知。

一师一生刚走出教室没几步，就看到一抹灰色伫立在走廊里，在那些特殊叶子的旁边。王老师慌张地加快了脚步，阿豪嘴角闪现一抹微笑也跟着加快了步伐。三个人在三片叶子旁相遇。

"你就是阿豪，对吗？"灰色套装问道。

"您好，阿姨……我叫宋文豪。"从一个长辈嘴里听到"阿豪"这个诨号，着实让这个大男孩感到有些羞涩，他一边挠着头一边支支吾吾地回复道。

"我是若曦的母亲，你们的事情我知道了。你们这是早恋！知道早恋是什么意思吗？就是提前做了一些你这个年纪不应该做的事。你的情况我也基本调查清楚了，我奉劝你一句，你离我女儿远一点。你也不看看你自己什么德行？凭你的家世背景、经济条件，有什么资格跟我女儿早恋？你配得上我们家若曦吗？我们家若曦将来是要去美国念书的。你呢？就算你考得上，你们家里供得起吗？你和若曦从来就不是一类人，你是下等人，是癞蛤蟆想吃天鹅肉。

"别的我也不多说了。从今往后，不许你再跟若曦联络，看她一眼都不行。我们若曦将来是要出人头地的，是要在广阔天地里大有作为的，不能因为你耽误了自己的远大前程。希望你好自为之。"

午后的阳光像水一样，流动在可以让它触及的地方，所到之处都散发着温暖的味道，它慵懒地躺在那三片树叶上，流淌在王老师的身上，阿豪的身上，还有灰色的套装上。

站在一旁的王老师浑身不自在，她不想听到这些话，她不想知道这些她原本不想知道却还是被迫告知的事。她懊悔自己没能早点发现事情的端倪，她懊悔自己在不经意间表现出了无能，她又担心自己的叶子在若曦母亲的激烈反应中受到伤害，又对阿豪给自己平添是非而愤怒。所有的情绪汇聚在涨红的脸上，随时都有爆发的可能。

可她不能。此刻她更像阿豪的同伙，站在那里接受同样的训斥。她小心地往叶子的方向移动，尝试着用巨大的身躯把自己的心爱之物和眼前的冲突隔离开来，此时只有这些生命的萌芽能缓解她的焦虑和紧张，她把所有的注意力都倾注在叶子上，装作眼前正在实时发生的事件与她无关。

从灰色套装开口的瞬间，阿豪的脑子里就变得一片空白。从他知道灰色套装的身份那一刻，他就知道自己出现在这里的原因。他想反抗，想辩驳，想逃离，可四肢和嘴巴已经不听使唤。灰色套装的身影在他眼中逐渐长高变大，像一个巨大的梦魇站在他面前对他张牙舞爪，比任何一个噩梦都更加可怕。他像被鬼压床一样望着舒展的叶子放空，发呆，颤抖……

天知道这场单方面的谈话究竟持续了多久，阿豪处于游离的状态，不知道一切是如何开始的，又是如何结束的。他站在走廊里，只觉得阳光太刺眼，一点点熔化了周围直到变成白蒙蒙的一片，一切都消失了，只剩下自己与那抹绿色。在这片虚无的白色空间里，阿豪听到从旁边所有的教室里传出乱糟糟的声音和老师们试图控制课堂的徒劳叫喊，他努力分辨着，又好像什么也听不到。他大喊着，却发不出声音，又或许是他连自己的声音都无法听见。只有那三片树叶轻微抖动着对他做出回应，阿豪感觉左脸颊有些微热的刺痛，他伸手去摸，脸颊像一团泥水似的从指间慢慢滑落，他看着自己的脸颊慢慢融化，伸手去抓，却怎么也够不到。

没人知道阿豪究竟在那里站了多久，又是怎样离开的。

第二天清晨，天气好得不得了，太阳升到刚刚好的温度，配合着微风，温柔地拥抱着每一个从家里走出的人。学生们三三两两地结伴走进校园，从冷冷清清到熙熙攘攘。王老师下了班车，一步一步抖动着她的碎花裙，满心期待着她的树叶。一切都是那么按部就班，那么习以为常，那么岁月静好。

教学楼方向忽然传来一声尖叫，撕破了早间所有的宁静。王老师和所有闻声而来的同学聚集在走廊的窗户旁，那三片叶子的生长之处。只是，没了那抹绿色，多了一地的鲜红。

阿豪安安静静地躺在水泥地面上，像那天的那场谈话一样安静，像那天一样没人知道他究竟在想什么。他只是躺在那里，睡着了似的。没过多久，阿豪就被围了起来，包裹起来，被两个人抬了起来，放进车厢离开了。

那天，校园里丢了两件东西，一个是"豪哥"这个诨号，一个是被大家齐心协力保护的"叶子"。丢了的，就消失了，再也找不回了。

5

"什么！"听到这儿，我差点没喷出一口血来，这都哪儿跟哪儿啊，我只是一个拍照的摄影师，偶尔会跟客户聊聊家长里短，洒狗血的故事我听多了，洒人血的故事还是第一次听到。思礼的故事莫名其妙地让我有点恼火。

"你先别急，好汤需要底料足，小火慢慢熬。"思礼脸上闪过一丝不易察觉的诡异神情。

宽阔无垠的海面上，迎面卷来刚劲的海风，席卷着巨浪向我们靠拢。我看着它越来越近，看着它由声势浩大到偃旗息鼓，看着它出生，看着它努力接近着天空直到高潮的一刹那轰然陨落，看着它的危险与无可奈何。

思礼默契地收了声，我们共同注视着这场浪花的死亡。

"好像若曦……"思礼望着那片海出神地说。

"对啊，还有若曦，若曦后来怎么样了？"

"你会知道她的，但是现在你更需要知道我。"

思礼突然的深沉让我有种异样的感觉，一种极不舒服的感觉，怎么形容呢，好像是触摸死亡。

"你猜得出我是从哪儿知道这个故事的吗？"

我摇了摇头。

"'这里是救助热线，我是工号3011，我能帮助你吗？'这句话我对着镜子反复练习了不下千遍，我希望你永远不要在电话那头听到。"

思礼没头没尾地冒出这么一句话随即又沉默了。对于接下来的故事我完全没有头绪，但我知道他即将给我带来一些我从未接触过的东西。曾有位离经叛道的医学博士说，我们人类的心脏有意识有灵魂甚至有预测短暂未来的能力，虽然他的观点并没有得到现代权威医学的认可，但我还是一厢情愿地愿意相信他的观点。就好像此刻我的心脏突然加快了马力，我放任它尽情地去感受围绕在思礼周围的磁场，那种浓郁的死亡磁场。

"三年前，我志愿加入了一个工作小组。我的主要工作，就是对打来电话的人进行干预帮助，对他们进行心理辅导，帮助他们重获对于生活的热情，帮助他们对生命产生新的思考，帮助他们重新认识到自己对于这个世界是有积极意义的，帮助他们放弃轻生的念头。我是一名自杀干预救助热线的接线员。"

思礼看了看已经目瞪口呆的我，继续说："若曦是我上岗之后第一个给我打来电话的人，是我的第一个救助对象。直到现在我还清楚记得那天，7月5日，她第一次给我打来电话。因为太紧张了，通话的时候我还有点支支吾吾的，而她的语气特别平静，只是把刚才我说的故事讲给了我。那时候我还不知道她叫若曦，男孩叫阿豪。我太紧张了，所有的回答都是根据脚本说的。脚本你知道是什么吧？"

我又一次摇了摇头。

"电话接线员都会发一本工作手册，我们叫脚本。就是怎样回答对方问题的标准答案。你怎么说，我就怎么答，几乎所有的问题都会有对应的回答方法。你打的所有的客服电话，对方都是有脚本的，否则怎么会你问什么他都知道？"

思礼的目光再次陷入回忆："所以当时我特别害怕，害怕自己没能帮助到她，怕她以为我是在敷衍她，那几天心情特沮丧。没过两天，她又打电话来，我赶忙问她这几天怎么样？她还是很平静地把故事又跟我说了一次，只是这一次细节更丰富，更详尽，说完就挂断了。之后每隔几天，她就会打电话进来，问她什么她都不回答，就是平静地把自己的故事再说一次。一次比一次详细，所以我才能知道所有的经过，她和阿豪怎么回事，黑子又是谁，她妈去学校之后发生了什么……我全都知道。

"我慢慢开始觉得她根本不想自杀。她就是一个处在青春期的普通女孩而已，想找个不认识的人说说自己的困扰和秘密，而我只是一个树洞或者知心大哥哥。当然，只要她愿意讲，我就会一直听下去，用这种方式去帮助她。有一天，我最后一次听到这个故事之后……"

"若曦自杀了？"我自作聪明地接了下半句。

思礼摇摇头，突然抬手向空中、向海的方向扔出了什么，还没等我反应过来，只觉迎面一阵海风砸了我满脸的沙子。我扭过头刚想发作时，看到脸上、嘴上同样被沙子占据的思礼望着大海哭了。眼泪顺着眼角流淌着，冲刷着细小的沙子，在思礼的脸上流出了海洋。

6

若曦挂断电话，删掉了通话记录。回到书桌前开始整理第二天上学需要的东西。此时距离阿豪的离开已经过去快两个月了，距离一个人真正走出悲伤还需要 129 天。

若曦母亲与阿豪的那次对话，从发生的那一刻起，就不是秘密。尖刻的词语在走廊里飘荡着，从门缝，从窗口，从大演算本上撕下的小纸条，从移动网络传到了每个人的耳朵里。哪怕是最不会被八卦新闻诱惑的学习尖子，也不得不承认这件事对于他们枯燥乏味的学习生活来说是一味重量级的调味剂。同学们在课间兴奋地向对方炫耀刚得知的新闻，得到的回答往往是："早知道了。"

若曦背后的指指点点更多了，她熟练地无视掉一切，好像发生的不过是一件不值一提的插曲。只不过发生在若曦身上的插曲，依旧能引起轩然大波。同学们惊叹着若曦真不是一般人，发生这么大的事还能泰然自若。

男生们觉得若曦和阿豪这回肯定完了，开始蠢蠢欲动。女生们说若曦果然随她妈，一身大小姐脾气。学校的秩序似乎在平静中泛起了波澜，人人都心知肚明这件事不算结束，会有后续，只是没想到后续事件更让人意想不到。

放学时，若曦依旧站在校门口等待阿豪。在涌出校门的人群中，只有她一人面对着黑暗空荡的校园，面对着千百张各怀心思的脸。这些脸都朝向她，又害怕被她发现，看几秒就会没底气地扭向一边，

和身边的脸窃窃私语。脸慢慢走光了，校门也紧锁了，若曦没能等到阿豪。

路口的街灯下，那辆黑色奥迪车再次出现，若曦很自觉地钻进车里。汽车副驾驶座位上坐着若曦的妈妈，她没有责备若曦怎么这么久才出来，只是淡淡地说："我做的一切，都是为你好。"

若曦默不作声地把头扭向窗外。车子启动，驶向远处的黑夜当中。

若曦会安慰阿豪吗？若曦会不顾家里的反对继续和阿豪在一起，还是和他一起考到远方的大学，从此摆脱家庭的困扰呢？这些问题永远没有了答案。

第二天，若曦是在警察的口中得知了阿豪的死讯。面对警察和王老师的质问，若曦只回答"不知道"这三个字，所有的问题皆是如此。后来若曦告诉我，在那个时候，她恨死了她的母亲。

若曦真正成了学校里最受关注的人物，她站在众人的焦点上，脚下踩着阿豪的尸体。所有的八卦新闻和风言风语都没有一具冰冷的尸体更加震撼。若曦也从同学们口中高傲的大小姐变成了冷血的刽子手。人们把阿豪的死因归咎于她。说来也奇怪，一时间阿豪的朋友好像突然变多了，比活着的时候更多。人们只需轻轻踮起脚，就能一步跨到道德的制高点上，和阿豪并肩站在一起，居高临下地俯视谴责一个单薄瘦弱的女孩，他们终于找到了能让自己在某一方面战胜若曦的优点——他们的手是干净的，而若曦的手上沾着血，还未凝结的温暖的血。

她成了一个任意被人审判的罪人。

校园暴力的初级阶段是拳脚相向，几个学生围殴一个人的视频在网络上随便就能查到。肢体上的暴力来自恐惧，恐惧导致攻击。也许是恐惧自己的男友被哪个狐狸精抢走，也许是恐惧不让对方吃点苦头，有损自己的面子和威严。总之，施暴者除了在肉体上证明自己更强——还是在其他人的帮助之下，没有别的办法宣布自己的胜利。若曦从没有被人揪着头发扇耳光的瞬间疼痛经历，她遭受的是持续时间更长的语言暴力。

指桑骂槐、含沙射影的冷言冷语还算仁慈的。"杀人犯、刽子手、玩弄感情的烂货、不要脸的婊子……"所有你能想象到的恶毒词语慢慢在空中传递着，降落到若曦的头上，让一个女孩独自承受那些本不应归罪于她的罪。她的钢笔会被莫名其妙地折断；校服会在她不知道的情况下被泼上墨汁；作业本会被撕成碎片，摊放在她的桌子上。每次她发现时，试着去寻求帮助，周围的同学也只会把头扭向一旁，或者冷冷地盯着她。

若曦曾经告诉我，这些都不算什么，总会结束的，她受得了。她不知道，对她的伤害才刚刚开始。

冷言冷语消失了，若曦的东西也没再丢失或者被破坏，一切好像恢复了平静。同时，若曦也消失了。她从同学们的视线中消失了。

没人再叫她的名字，甚至老师在点名的时候都会有意无意地跳过。没人收她的作业，没人向她布置班级任务，没人做她的同桌，没人在体育课上提出和她一队，没人在中午问她想去哪里吃饭。同学们的脸上慢慢恢复了笑容，恢复了嬉戏和打闹，甚至当若曦就在旁边的时候。他们仿佛看不见她，也就不会主动躲避。若曦慢慢成了校园怪谈里的一个幽灵。一个人上学，一个人回家，一个人吃饭，一个人做功课。只有考试时发给她的试卷还能证明她还是校园里的一员。

毕业照片上，若曦的位置是空着的。在本应她站着的位置上，被人为地留下了一个缺口，在排好的队列当中，人们有默契地留出了一个人的位置。而阿豪的位置上，有一张他的照片。两边的人手捧着阿豪的照片让他能和其他人一起走完校园生活的最后一程。照片中的阿豪笑得很灿烂，和身边的人一样。

和若曦自己说的一样，她受得了。所有的一切都没能影响她的学习状态，她的成绩反而越来越好。阿豪死后，若曦开始更加刻苦地学习，旁人的冷漠和无视在无形当中帮了她，没人找她聊天，没人找她逛街，她把所有富余出来的个人时间都花在背单词和做习题上。原本成绩名列前茅的她慢慢成了年级前十名，重点大学的录取通知书对她来说已是囊中之物。

高中三年马上就要结束了，大学生活会是一个崭新的开始。没人知道若曦的过去，她很快就能在新的城市，面对新的朋友开始新的生活。

人生重新变得美好晴朗，就像什么都没有发生过一样。

7

思礼脸上的泪水已经干涸，只留下沙子的痕迹。

"距离最后一次通话过了很久，她又给我打电话了。"思礼平静地说。

"刚接到她的电话，我特高兴，至少知道她没事。但你知道的，我们这个电话还是不打为好，我又开始担心她。她依然是很冷静地对我讲她最近的学习生活，她说一切都好，虽然同学们不再理她了，她要更加努力学习，考到远远的地方去，把一切抛到身后，开始新的生活。她说，她已经想通了，看开了，从此不会再打这个电话了，她已经不需要倾诉了。"

"这很好啊，也许你真的帮到她了。"我天真地怀疑之前在他脸上的，是喜悦的泪水。

"后来，若曦还是走了。"

海浪慢慢退去，声音归于寂静，海面仿佛被冻结了，像一面镜子映射天空的云，有一瞬间，海似乎也有了尽头。

……

高考成绩公布那天，和所有人一样，若曦一直守到了零点，第一时间拨打了查询电话。电话被三十万条线路同时占据，拥挤不堪。

在排队等待的时候，若曦的手一直在颤抖。家人知道，若曦的成绩没问题，今年的题目对于准备充足的她来说没有难度，她一定能考进那所上海名校。若曦颤抖着，有些兴奋也有些激动，在父母眼里，若曦的反应来自她的喜悦和期待，因为她离出人头地只有一步之遥。而在若曦心里，更多的是紧张，她知道自己长久以来的计划即将终结，马上她就会把一切抛到身后，开始新的生活。

电话接通了，若曦的夏天会在上海度过，这已经是板上钉钉的事了。放下电话，若曦走过正在庆祝的父母，默默回到房间，打开 13 层的窗子，跳进黑夜。

一切发生得如此突然，若曦的父母还沉浸在对未来的憧憬和喜悦当中，等他们想起若曦的时候，她已经躺在红色的花瓣中间，睡着了似的。

……

"若曦父母从她的遗物里发现了两封遗书。有一封，是留给我的，几经辗转还是到了我手里。上面只有两句话：'感谢你，工号 3011。我把我的故事留给你。'我知道，终究我还是没能帮到她，我甚至不知道是从什么时候开始她就做了这个决定，和她通了这么久的话，我竟然一点征兆都没感觉到……"

思礼闭上眼睛，胡乱地把脸上的沙子抹去，眼睛依旧通红。

"另一封遗书，是留给她父母的。我猜想，是为了解释她的行为吧，她说，要让所有人永远记住这一天。"

她做到了。我无法想象一个孩子的离去会给一个家庭带来怎样的伤害。

"后来，我又收到一封信，也是一封遗书。是若曦母亲寄来的，她说她很自责，只有死亡才能让她解脱。她想让我们在她身上吸取经验教训，去帮助更多的人。"

"三条生命，三封遗书。这就是我想对你说的故事。现在，你对我有所了解了吗？"

我不知道。此刻我好像对思礼有了一些新的认识，可我们中间似乎又隔绝着什么，我甚至没法判断他说的是真实发生的还是在他脑海中酝酿的一个电影剧本。自杀，死亡，解脱……这些沉重的字眼又与他和新娘之间产生了一丝让我不明的牵挂。想到新娘，我抬头看去，她已不见踪影。

"还拍不拍了？我饿了。"新娘的声音从背后传来，不知什么时候她已站在我们身后。

"不拍了，不拍了，我们去吃好吃的去。"思礼脸上堆满了笑容和宠爱，起身牵起了新娘的手。

"走，一起去。"思礼拍了拍我的肩膀。

我没法做到像思礼那样的瞬间表情整理，只好低着头用双手拍打着身上的沙子作为掩饰。可我在掩饰什么呢，又有什么存在需要让我掩饰的呢？我不知道，或许其本身就是原因，就是目的。

入夜，海浪徐徐。

8

回到酒店，把自己扔在床上，最后的记忆是天花板忽远忽近。

遥远的海浪推着婴儿的哭声渐行渐近，海浪愈来愈高，愈来愈大，遮住了整个太阳，视野所及之处瞬间陷入黑暗，它们声势浩大地逼近我的床前，猝尔轰然倒塌。

我猛地睁开眼，原来是一场梦。我僵在床上几秒钟后才使身体苏醒，抬起双手猛搓了几下脸，翻身坐起。听到隔壁婴儿撕心裂肺地哭喊着，心绪烦躁。起身准备冲个澡，平复下焦灼的心情。

捕捉时间的最佳时刻莫过于傍晚。从浴室出来，顶着一头湿漉漉的头发坐在窗边的单人椅上，点起一根烟，那时太阳距离海平面还有一个手掌的距离。我望着那片白日里的大海，不知道自己怎么就睡着了，也不知道睡了多久，努力回想着梦魇的片段。指尖传来的灼热让我只好放弃这根烟，伸手又掏出一支，重新点燃。那时的太阳被海面托着，散发着柔和的粉蓝色，以窗框作为取景器采摘着一天中最柔情的时刻。隔壁的婴儿大抵是得到他想要的东西了，再无哭闹。美好的感觉总是伴随着温柔产生，而温柔又总是因为它的短暂让人唏嘘，大概是太阳与海水暧昧的气氛感染了我，不着边际地有了一丝矫情的孤寂。被白色烟杆举着的烟灰达到了极限，散落一身，抬手拍打着衣服上的烟灰，再抬头时，太阳被海水吃进去了三分之一。

阳台下面的台阶上，坐着一个人，迎着海浪和阳光，影子被拉得老长。

是思礼。

在无聊和好奇心的驱使下，我走下阳台，默默坐到他身旁。思礼从烟盒里掏出一支中南海递给我，我迟疑了一下，接了过来。思礼点燃了自己手里的烟，呆呆地望着金色的海面，自言自语似的说："这景色多美啊，死了就看不到了。"太阳好像在回应着他，闪了一下，变得更亮了一些。

"你有想过彻底离开这个世界吗？"

虽然没有面向我，但我知道，这个问题是向我发问的。

"有过，"烟雾从口中回转到肺里，捞起了一些已经沉淀了的回忆，"有一段时间感觉特别难，有些扛不住了，就会有放弃一切离开人间的念头。"

思礼点了点头，说："嗯，不新鲜。每个人都会有几次这样的念头。那为什么你没去做呢？"

我确定他不是盼着我死，只是有些深藏在心底的想法，只会在确定外界安全的前提下，才会探头探脑地爬出来。我回答他："怕疼吧。当时我想的方法是用刀片割开手腕，躺在放满温水的浴缸里，这是我从电影里看来的。但是我一想要用刀割自己，实在有点下不去手，后来事情过去了，发现也没什么了不起的，也就没有付诸行动。"现在回想起这段往事，未觉后怕，只觉得自己可笑。

我回答了思礼抛出的问题，却引来了他一个接一个结束自己生命的方法。这些话语猝不及防地闯入我的耳朵，容不得我反应也容不得我打断。他自顾自地说着，详细讲述每种方法的发生过程和产生的后果，甚至还列举了许多具体的让人有些胆寒的数据和案例。他像一个站在讲台上的专家学者，在做科普报告，那些逝去的生命在他冷静的讲述中变成一个个冷冰冰的数字。这种冷静延续不断，不知道他说了多久，也不知道他一共描述了多少种方式。我像一个在课堂上溜号走神的学生，一点也听不进去，或许只是我的本能在逃避，在防御。在思礼长篇阔论的授课时间里，我甚至故意躲避他的眼神，我知道那一刻自己曾感受到了恐惧。

　　思礼猛地掐了我胳膊一下，疼得我迅速回头打掉了他的手，喊道："干吗？！"

　　"所以说，光有死的想法，不足以让一个人自我了断。有死的决心，有执行力，对痛苦无所畏惧的人才是最危险的。"

　　思礼好像在说他的下课结束语似的，之后又笑眯眯地问我："疼吗？"

　　"废话！"我没好气地回答他，一边用手揉着已经白里透红的胳膊。

　　"每个人对痛苦的耐受程度都不一样。有些人特别怕疼……"思礼侧头看了我一眼，"有些人有过疼痛体验，能承受更大的痛苦。这样的人里，有些人在小时候受到虐待，这些痕迹刻在他们的记忆深处和身体细胞里，也许他们自己不知道，但他们确实比常人更能忍受疼痛，所以有可能采用更严重的方法伤害自己。我们的身体远比我们想象的要强大，要更难摧毁。而我们的精神才真正不堪一击。"

"也许，若曦就是因为精神垮了。"我小声地说了一句。

思礼慢慢低下头，叹了一口气说："是啊，可惜当时我了解得太少了。也许因为每次通话时她的态度都太冷静了，我才会误以为她不会放弃自己的生命。我真是大错特错。产生自杀冲动后，越是冷静的人越有可能产生行动。由于我的愚蠢和无知，让她成了百分之五。"

"什么百分之五？"

"也许你猜不到。我们国家的自杀干预成功率是百分之九十五，只有百分之五的案例属于干预失败。"

"这么说来，成功率已经很高了，也许你不用太自责吧。"我试图安慰思礼。

"你错了。恰恰这百分之五,是最危险的。你以为这个数字很小吗？

"中国每年有 28.7 万人自杀，200 万人自杀未遂。每两分钟，就有一个人自杀，有八个人自杀未遂。在全球，每 40 秒钟就有一个自杀案例。就在我们说话的时候，在我们不知道的地方，就会有几条生命在消失。"

我应该对这些数字产生触动吗？我没有，我恨自己是个冷血的人，我的理性告诉我应该对这些逝去的生命怀有怜悯和同情，可在我心中最无人知道的角落，这对我来说只是一串数字而已，冷漠得让我有些害怕。

思礼似乎看出了我的矛盾。"在热线中心待了一段时间之后，我好像也变得有些麻木了。放下电话之后，我们都不知道自己是否帮到了他们。他们是生是死，也从不会成为考核我们的标准。好像，我们只是在做一份普通的工作而已，反正总要有人去做的。

"有一次，我在家里的阳台上抽烟，就看见小区里开进来一辆警车，我以为是发生盗窃案之类的。车开近了，我看见车身上写着'现场勘查'四个字，我猜跟美国的 CSI 差不多吧。车停了之后，下来了几个人，都穿着便衣，戴着橡胶手套和鞋套，走进旁边的楼里。周围的人越聚越多，都围在那儿看。过一会儿，警察从楼里抬出了两副担架，我才知道发生了命案。后来听说，是男人把女人毒死后，自己上吊了。知道这个信息后，这件事突然就和我有了联系。我去热线中心查看记录，也一无所获。我想知道，男人有没有给我们打来电话，寻求过帮助。毕竟我离他那么近，都没能帮上他，对远在电话线那头的人，我又能做什么？他们不是数字，是一个个鲜活的需要帮助的生命啊。"

"你能这么想，后来一定也能帮到不少人吧？"我小心地问他。

"尽我所能吧。我没法判断我救了多少人，甚至我是否救过人。大部分有这种想法的人都是冲动型的，他们需要的只是理解和陪伴，这些也是我们的职责。有人在电话里问过我，该怎么办，我也只能给出让他远离危险地点，追问他们所在位置之类的建议。对于他们的问题，我们是没有权力干涉的。"

这个回答有些出乎我的意料，"既然是干预热线，就要竭尽所能去帮助他们啊！"

思礼摇了摇头，说："想放弃自己生命的人都是非常敏感的。在不能全面了解情况的时候，我们绝对不能轻易给出建议。类似'想想你的家人'这种讲道理的话是绝不能说的。就连'你好'两个字，在接电话的时候都不会说。对方可能会认为，你怎么知道我好？我不好！总而言之，必须小心谨慎。一个人在自杀之前，生的欲望和死的诱惑是同时存在的。我们能做的，只是伸出援手把他们从悬崖边上拉回来。至于他们会不会再走到悬崖边缘，谁也不知道。你说，我一定帮了不少人。在我眼里，他们只是还没死而已……"

"你这么说，会不会太悲观了？"

"不是我太悲观，现实就是这么残酷。"

一波巨浪涌来，用力拍打着海面，吞没了思礼的声音。这一阵海风强劲，我与思礼默契地收声，等待着海面再次恢复平静。入夜了，海上的风景开始变得捉摸不透，但可以听得出海浪在前仆后继地进攻，声势越来越大，好像在看不见的尽头有千军万马咆哮着向我们冲锋，但迎接它们的是海洋和陆地接壤处的杀戮地带。残留的海风跨过"杀戮地带"与我们的距离，穿身而过，没有太阳的烘烤，只有刺骨的寒冷。我裹紧衬衫，侧脸看着只穿着T恤与短裤的思礼，对凛冽的海风不为所动，只觉得他比海风更冰冷。

"你不冷吗？"我用双手摩挲着身体，感受着多一点的热量。

思礼侧目看着我，说："我带你去家茶室吧，不远，就在这附近。"

大概是走了几条小街又拐了几个弯，一家小茶室才在海边的高地处出现，在深蓝色大海的衬托下，茶室的灯光温暖得让我忍不住加快了脚步。推开茶室的木门，吱吱呀呀的响声带着错乱的时代感。茶室内部不大，大概有七张小桌，一眼即可扫尽。这是一间过于朴素的茶室，里面三三两两坐着的老人和被时光粉刷了的墙面似乎与这个时代都有些格格不入。没有人玩手机，没有 Wi-Fi，没有附庸风雅的古琴音乐，人们在用我听不懂的方言轻声交谈着，像一幅时光倒流的长卷。

"这地方挺好的。"

思礼没有回应我，礼貌地拒绝了侍者送来的茶单，熟练地点了些什么。

"我小的时候，我爸我妈如果吵架了，我爸就会到这儿来。每次我妈都会派我来讲和。长大以后我自己有什么不顺心的事，也会来这儿。"

"那你现在有什么不顺心的事吗？"我试探着问他。

"我害怕雨珊可能会结束自己的生命。"

9

雨珊就是思礼的妻子，那个郁郁寡欢的新娘。思礼对我说过，他怕雨珊余下的时间所剩无几，才安排了这个准备匆忙的拍摄行程。他对我讲述的所有故事也都指向了这个烦恼。"你说她有抑郁症，很严重吗？"

思礼点了点头，目光停在微微泛着热气的茶杯上，似乎在犹豫着，酝酿着。大约过了一杯茶的工夫，他才缓缓开口："我也是过了一段时间，才意识到的。你看电视上演的，警察在劝阻有自杀倾向的人的时候，都会说'冷静点，别冲动'，好像只有头脑发热的人才会爬到楼顶上，严肃地考虑死亡这件事在他们眼里成了自私自利。对那些抑郁症患者来说，死亡从来都不是儿戏，也不是冲动。可人们不愿相信。人们宁可相信自己的亲人患上了癌症、白血病，也不能接受自己家出了神经病、疯子这样的评论。抑郁症患者在很多人眼里，就是疯子，甚至患者自己都无法意识到自己出了怎样的问题。在国际上，抑郁症患者的识别率已经超过了 50%。可你知道，在中国，识别率是多少吗？只有 21%，这里面能得到有效治疗的连 10% 都不到。有个孩子告诉父母，他怀疑自己有心理问题，不想活了，想得到心理干预治疗。他父母却说，'那你就死一死好了'，他们不信。后来那个孩子……"

思礼喝了一口茶，把没说出的话咽了下去。

"我们太缺乏对他人痛苦的尊重了。最开始的时候，我也只是以为她有什么烦心事，一时心里别扭而已。之后有好几次，我发现她站在窗台上，窗户开着，神情恍惚，随时都有掉下去的可能。从那时开始，我就知道自己必须寸步不离地陪着她，等她好一些了，我才敢放心她一个人待着。我志愿参加自杀干预热线的工作也是想了解得更多，学习得更多，能更好地帮助她。我们这个工作其实特别难，我见过太多的人来的时候都是自信满满的，离开的时候心已经是千疮百孔，没有人能对自杀者的负面情绪完全免疫。有一次来了一批志愿者，到最后，没有一个人能撑过三个月。在我们的流程里，每隔14秒就要对救助对象做出回应，无论是提问还是安慰，哪怕是"嗯"一声。有个女孩在接电话的全过程里，连'嗯'都发不出来，放下电话就放声大哭，第二天就再也没见过她。"

"看来你真的很爱你的妻子，能为她付出这么多。"我手贴着茶杯，双手贪婪地吸取着热量。虽然我对思礼的了解越来越深，却感觉距离他越来越远，握着茶杯的手更加用力。

"我所做的还不够。你知道抑郁症最可怕的是什么吗？这种病对人最严重的伤害，是让一个人认为自己失去了存在的价值。人们一般会认为，抑郁症患者一定是郁郁寡欢，心情不好，心里的苦闷积郁成疾，这只是表面现象。根源则是慢慢迷失作为一个人在这个世界上的位置。没有了做事的动力和能力，价值感也会逐渐模糊，不知道什么是有意义的，什么是徒劳的，什么事情能改变自己，什么感情值得付出……生活就变成充满痛苦和绝望的无间地狱，无边无际，没有尽头。"

思礼双手握在一起，靠近胸口，慢慢缩紧，头也跟着沉了下去，身体像一只蜷蜷了起来，又像一个婴儿回到了温暖安全的母体，世界与他隔绝开来。我只能看到他的头顶，微微抖动。我没法想象他

223

都经历过什么，他所看到的痛苦似乎也在侵蚀着他的身体和灵魂。

我把手缓缓伸向他的肩膀，刚要触及时，他的声音再次传出：
"几乎所有的抑郁症患者，都会把自己封闭起来。把自己裹在茧里，
藏在壳里，把自己与外界隔绝，这是他们对抗这个世界的防御方式。
可谁又能做到真正地与世隔绝呢？声音、色彩、气味……所有的信息
都会和身体发生共振，在皮肤上，在血管里传递着，一点一点地传
进脑子里，传进心里。这时才会发现，躲藏并不是最终的解决方案。
逃离才是。"

说到这儿，思礼猛地抬起头，双眼直勾勾地盯着我，有些空洞也
有些游离。

"逃离这个世界，逃离身边的所有人，逃离所有的情感和羁绊。
反正也感受不到快乐，感受不到喜悦，感受不到欲望。世界在眼中
是完全的灰色，阴沉压抑。对别人来说，光是想象死亡就是一件极
度可怕的事情。而对抑郁症患者来说，死亡就是出口，是解脱，是
有光的地方。我不想让雨珊活在那样的世界里，我想帮她，想和她
美好地生活下去，我想让她看看，她是有色彩的，她的生活是有光的。

"这就是我成为 3011 的原因，这就是我想让你帮我拍照的原因。"

茶杯已完全冷却，浓郁的茶汤也逐渐沉淀下来，颜色开始变得寡
淡。说不清此时的窗外是即将降临的黑暗，还是快要开朗的白昼，
日与夜的交接正在发生着。眼前发生的一切似乎与我毫无关系，又
好像密切而无法分割。

明知无法改变什么，却忍不住触碰空虚的幽邃。

是勇敢吗？是愚蠢吗？

PART 04　THE JOB NUMBER 3011

迷雾里的真相裹挟着白色的水汽伸出了一只手，还没等我碰到，又缩了回去。我以为我看到了全部，我以为我分辨出了哪些是真，哪些是假，可真相把手指放在我眼前，左右晃了晃，又转瞬不见。

工号 3011

PART 04

THE JOB
NUMBER 3011

工号 3011

THE JOB NUMBER 3011

　　迷雾里的真相裹挟着白色的水汽伸出了一只手，还没等我碰到，又缩了回去。我以为我看到了全部，我以为我分辨出了哪些是真，哪些是假，可真相把手指放在我眼前，左右晃了晃，又转瞬不见。

1

　　我从未在定好的闹钟时间起床，无法不经过发愣而去洗漱，不经过犹豫才去吃饭，不经过拖延就开始做事。同样我也无法停止在该工作时烦躁，在该吃饭锻炼时逃避，在该看书写字时神游，一次次打破要求自己睡觉的最晚时间。也许我唯一庆幸的事情，就是还在持续和自己做斗争。

　　被砸在窗上的雨滴声吵醒的我，进行例行的早间人生思辨，可灵魂终究无法战胜肉体，在自然的召唤中起床下地。世界被加了一层巨大的阴暗水滴滤镜。树枝东倒西歪，人也匆匆低头。将窗户打开一点缝隙，把左手伸到雨中。我很喜欢雨滴毫无保留地坠落在皮肤上的感觉，不管是夏天还是冬天，手臂还是脸庞。坐在有点湿的窗台

228

上，点一支烟。能看一天雨也蛮好。

我的生活会经常这样陷入孤立的片段，一节一节的，彼此并没有太多的关联。当雨吻在我皮肤上的这个瞬间，我大都会有我的身体是一沓纸张的感觉，回忆涌起的时候，那么我的身体就是一封封诉说情怀的信纸，焦黄地记载着自我的故事。而雨滴，岂不正好是读信者的泪水？

有海宠着的雨，格外放肆张扬，风跟着起哄，一浪高过一浪。对于女人来说，哭泣真的是一样很好的东西，这个时候无论是欢乐还是苦楚都化成液体，所有的感情都显得实实在在，明明白白。

这种海滨城市售卖的雨伞大多经不起考验，伞只用来遮阳就好，真的来了风雨，分分钟散架。这两天听那个男人说起各种自杀故事，心里压抑得要命，这场雨，来得正是时候。好像所有选择离开人世的人都希望选一个风和日丽的好日子动手。

一支烟没抽到一半，电话就响了。不用想，不用猜，肯定是思礼。

"起床了吗？"

"嗯。"

"这种天气还能拍吗？"

"先看看情况吧，如果雨停了咱们就拍，不停的话，看看找些室内场景。"

"好吧，看样子只能这样了。"

"嗯。"

"那个，你吃饭了吗？要不要一起吃个早饭？"

"呃……我没什么胃口。"

这已经是最有礼貌的拒绝理由了，但总是有人不懂，他以为你是不想吃东西，但他只是想找你说话而已。

"我想趁雨珊起来之前，再和你谈一谈。"

这个理由，我无法拒绝。我越来越觉得自己像身处在克苏鲁神话里的调查员，对于真相的了解只有只言片语，碎片散落一地，想要拼接起来，又不知道从何入手。在远方的迷雾里又有什么东西呼之欲出。掐了烟，在犹豫要不要洗脸，这种天气不就是为了不洗脸而存在的吗？

索性不洗了，随便套了件外套，站在镜子前，打量着自己，感觉有些怪怪的，这种怪怪的是摸得着的那种怪。

餐厅没什么人，毕竟这样的雨天，大多数人宁愿饿肚子也不愿起床。

思礼坐在餐厅里面靠窗的位置。我在自助餐台前倒了一杯咖啡，然后走向他。

"不吃点别的了？"他迫不及待地问我。其实他是迫不及待地想说。

"不饿，提提神就好。"我抿了一口咖啡，难喝到让人怀念雀巢。"开始吧。"

"其实雨珊……是我在自杀干预热线里唯一救了的人。"

2

那是两年前的 4 月 5 日，清明假期后的第二天。

我早早来到热线中心，此时只有我一个人。一边整理自己的东西，随意瞥了一眼桌子上的固定电话。电话随时会响起，我就要再一次面对一个生命的抉择。也许因为我的一句话，一个人就会放弃轻生的念头，也许因为我一个不经意的语气，会把他推入深渊。我有些害怕这台电话发出的铃声，我希望它永远不要响起。我想好了，如果再失败一次的话，我就离开这里，因为我根本没有左右生死的能力。

刺耳的铃声划破寂静。

"这里是救助热线，我是工号 3011，我能帮助你吗？"那是近一个星期的第一通来电。电话那头沉默着，但并未挂断。

"请问是先生还是女士？"依然沉默。

231

"现在的你，一定在经历一段艰难的时刻吧。无论发生什么，你都可以告诉我，可以讲给我听。任何事情我都会接受，我想让你知道，你不需要一个人经历这些，我可以帮助你。"电话里传出了叹气的声音。对方做出回应，这是好的征兆，说明对方有进一步接触的可能。

"你现在的位置，能看到窗外吗？能看到开放的樱花吗？"这个问题可以帮我了解对方身处的位置是否在高处或者窗口这些危险地区，如果是的话，我必须想办法将他劝离。

"你说什么樱花？"对方终于开口了，是个女孩的声音。

"就是现在公园里正开着的，粉色的，一团一团的，很好看的。"

"我是问，在什么地方能看见樱花？"

我推测她现在不在楼顶或者窗口这样的高处，而她明显对樱花很感兴趣，我只好把这个话题进行下去。"在中山公园就能看到的，那里现在有很多——"

"半小时后，中山公园见。"姑娘打断了我的话。

这是我第一次遇到这种情况，救助对象居然要求见面。很早我就知道，有自杀倾向，尤其是已经尝试行动的高危人群，他们打来电话有时候并不是寻求帮助，只是期待一种陪伴。甚至有在自杀过程中打来电话的先例，也许再勇敢的人在独自面对死亡的时候都会有些恐惧。此时单纯的陪伴，也是一种帮助。

我无法判断刚才的来电是真是假，在人命关天的情况下，也只好宁可信其有，不可信其无。我穿上外套，前往中山公园。我安慰自己，如果是真的，我今天一定会挽救一个人。

压抑太久的春天，伴随着打在脸上的风沙一起猛扑过来。柳树已经打上了一层蜡黄，白杨树已经挤满了绿色嫩芽。跑了两条街的我大汗淋漓。但我还是加快了速度，一来是怕她提前离开了，二来是怕漫天的风沙把樱花都吹散了。

据说中国每个城市都有一座中山公园，可我去到过的，只有这里。公园门口竖立着一尊铜像，不认得是谁，动作和服饰都散发着 20 世纪 70 年代的社会主义气息，坚毅挺拔。铜像下面有几个小贩售卖着一些简陋的户外玩具。有熊大、熊二造型的风筝，有能吹出泡泡的瓶装肥皂水。还有一种我叫不出名字的玩具，又圆又扁，是个飞碟的造型，上面画着同心的彩虹线条，玩的时候只是简单地抛向空中，飞碟竖直旋转飞起，条纹转动起来变成一团五彩斑斓，飞舞着坠落。

孩子们跑过去拾起，再次抛起……

这些简单的快乐在我眼中无比珍贵。也许在他们当中，在未来的时间里，有人会慢慢失去感受快乐和爱的能力而浑然不知。

公园里面是三五成群的老人。在下棋，在聊天，在用我陌生的乐器演奏着陌生的、生涩的旋律，周围的一切像是卷进了 20 世纪的旋涡里，无法出逃。因此，那个坐在石凳上的女孩显得那么突出，无法让人忽视。她穿着一身洁白的连衣裙，外面披着一件淡紫色波希米亚风的针织衫。面色苍白如雪，一双精致的小眼睛下，有一层淡淡的黑眼圈。直觉告诉我她就是那个在死亡线上的姑娘，除此之外，眼前的这位姑娘并没有给我留下任何可以辨认的信号。我左思右想着如何开口，如何确认，着实想不出什么了，索性就直接自报家门。

"你好，我是刚才和你通话的人。"

她扬起头，眼睛被阳光晃得眯得更小了。"就是你让我来这里看樱花的？"

"是啊。"我顺势坐到了她旁边，"你看这樱花多美。"

女孩四处张望着，"在哪儿呢？樱花在哪儿呢？我怎么没看见？"

"树上的都是啊……"女孩的眼睛是没有问题的，我敢确定。但她疑似盲人的举止还是让我有些摸不着头脑。

她站起身来，随手从树上摘下了一朵，蓦地伸到我眼前。"你仔细看清楚,这些花是没有花梗的,这是桃花,不是樱花。不光这里没有,这座城市都不会有，因为气候没法生长。那么我现在问问你，你让我看的樱花，在哪儿呢？"

"这……我也不懂啊。我看着粉色的,一团一团的,就以为是樱花。"

"就是因为你们这些人，连桃花、樱花都分不清，还装腔作势地欣赏。你知道这样，会让这些桃花多伤心吗？"她的脸气得涨红，声音也有些颤抖。

我接过花，仔细端详。说实话，我还是没看出分别。不过这时候我不能刺激到她，只好顺着她说："对不起啊，我说错了，我给你道歉。"

她像泄气的气球一样，瞬间没有了刚才的强势，软绵绵地坐下来，不发一言。

"既然你帮我了解了一个新知识，那么现在就让我来帮帮你吧。有什么烦心事吗？也许我可以帮助你，你有什么想说的，有什么烦恼，都可以告诉我。有些话，说出来了会好些。"

"刚才你让我看樱花，不，桃花的时候，我已经站在窗台上了，我只是不想一个人走完最后一程。可不知为什么，听到你让我看樱花，我就是忍不住想纠正你。明明我有那么多烦恼，终究却是这件最微不足道的事救了我。真好笑。"

她的脸颊，红过桃花。我想我救了她，也有可能是她救了我。

3

窗框上斑驳的黑色雕花铁栅栏让人感觉一阵冰凉，窗外呼啸而过的汽车雾灯，在我眼里焕出精美的轮廓，就好像那个春风中的瘦弱女孩。长久以来，我都告诉自己要做一个冷静的旁观者，用镜头记录下真实的，或者看起真实的东西就好。我很少主动掺杂自己的情感进去，但如果像外面那场雨一样，只要走出一步，就没有人会安然无恙地置身事外吧。除了少许的祝福和同情，我更希望这场雨快

235

点结束，结束这单工作，开始下一段旅程。

"真的会有人因为别人分不清樱花和桃花就生气吗？"我随手用咖啡匙搅拌着杯子里的液体，用漫不经心掩盖着藏在问题里的讽刺。

"在正常人眼里，这绝对不会成为生气的原因。但在抑郁症患者的脑子里，就不一样了。"

"你是说，他们的脑子都有问题？"话刚说出口，我就后悔了，可覆水难收。

思礼没有发火。"也对也不对。部分抑郁症患者的大脑右侧皮层比普通人会稍微薄一些。在很长一段时间里，我们把抑郁症当作心理疾病，忽视了生理上的区别。但这也不是绝对的。我猜想，樱花的事只是一个突破口吧，是她唯一能宣泄出来的烦恼。又或者，她已经丧失了价值判断的能力，没法分出轻重缓急。因为在我看来，与其他的事相比，樱花也好，桃花也罢，根本就不叫事。"

4

雨珊是她的名字。雨过天晴，天虹阑珊。

一切的开始像晚九点的情感剧一样俗套。雨珊在高一的时候，爱上了她的同班同学，一个渣男。她天真地以为他就是她的全世界，只要在这个世界里，她就是安全的，幸福的。只可惜，这个世界是纸糊的，一阵风吹过就散了。雨珊怀上了他的孩子，胎位不正，生长不良。这个还没来到世界的生命，差点要了雨珊的命。休学半年之后，男孩已经辍学不知去向。身体和精神都受了极大摧残的雨珊浑浑噩噩地考进了一所三流大学。在校期间，她鲜少与人交往，每天在宿舍里看网上下载的盗版电影。有些楚楚可怜、弱不禁风的女生，就是一块吸引渣男的天然磁铁。也许因为她们能引起雄性的保护欲？也许保护欲过剩的雄性都只会把女人当作炫耀的战利品？雨珊在大学的第一个恋爱对象，是一个已经结婚的老师。她是在一年之后才知道自己已经有了师娘这个事实，她在毫不知情的前提下，不明不白地当了一年"小三"。

"看来那个女人患上抑郁症是有原因的。不知道她是以怎样的心情和语言向面前这个男人描述自己的过往。"这个想法在我心里闷得喘不过气来。

思礼清了清嗓子，继续讲述："大四的时候，她决定去北京发展，她以为大城市那种快节奏的生活能让她忘记自己的过去。有段时间，她过得很忙碌，也很充实，顾不上回忆自己的过去。一个偶然的机会，她被别人拉着参加了一个教会活动，人生仿佛开启了一扇新的大门，那种来自集体的、来自宗教的温暖抚慰了她。结果在教会里，她居然被一个高中生骗上床了。她傻傻地去找对方，人家当然不承认了，还骂她是神经病。"

思礼平淡的语气中透着一丝调侃，好像在讲一件他听来的趣事。这种态度让我很不舒服。我直勾勾地盯着窗外，不知道该对他的话做出怎样的回应。没办法，低头抿了一口苦涩的咖啡，表示难以接受的感觉吧。这就是一杯咖啡的重要性，即使很难喝，至少还能帮

助缓解尴尬。

思礼自顾自地继续说："后来，她辗转去了菲律宾教汉语，在那里她第一次发现自己的精神出现了问题。一次你情我愿的一夜情后，她着魔似的缠着那个男人，给他老婆打电话，给他公司打电话。像一个泼妇一样。也许，是隐忍了太多年，集中爆发了，其实她并没有多爱那个男人。"

"这个世界上有一种鸟是没有脚的，它只能一直地飞呀飞呀，飞累了就在风里睡觉，这种鸟一辈子只能下地一次，那就是它死亡的时候。"我不由自主地念出这段台词。

"什么？你说什么？什么鸟？"

"哦，哦，没什么，只是感叹一下她的命运。"思礼没听懂我的意思。

"嗯，你说得也对，她确实像一只鸟，漫无目的地飞来飞去。"

就像《阿飞正传》里养母说的："好，现在我告诉你你的生母。这不过是你这些年来自甘堕落的借口，现在，我看你再来用什么借口。"有时没有借口的自甘堕落才是最可怕的。电影里不断出现的雨啊，小巷里的雨，球场外的雨，香港地区的雨，菲律宾的雨，以及这里的雨，交汇融合在一起。我的心湿了，这一刻，它前所未有地柔软。

"喂，喂？"思礼在我眼前摆了摆手，"你别胡思乱想啊，小珊不是你想的那种随便的女生。"

我赶忙回过神来，"抱歉，抱歉，我并没有这么想，只是看到窗外的景色有些走神。"

"那你就是没有听我说话咯！"思礼猛地拍了一下桌子，一个我完全没有料到的动作。

"我当然有在听，我的意思是，我听着你说的话，不知为什么和外面的景色融合得恰到好处。这是我的职业习惯，完全没有别的意思，你不要多想。"

"那我继续说了。"思礼顿了一下，"后来她回国了，又不敢回老家，也不敢去北京，就去大理散散心。去了之后就爱上了那里，她就学人家在大理开了一家客栈，准备在那儿定居。唉，你以为一切都会慢慢变好吗？在她身上，从来都不会。"思礼有些兴奋地点燃了一支烟，烟雾里他的表情开始变得有些狰狞。

"她在大理认识了一个男人，也是去大理旅游的，结果就爱上人家了。要不怎么说大理是'邂逅天堂'呢。那个男的挺好，老实本分，有个好老公该有的样子。很快他俩就结婚了，她后来跟我说，那段时间她真的挺幸福的，虽然只有很短的时间。"

此刻，他脸上的表情愈发变得有些奇怪，有一种说不出来的异样。我下意识地把椅子向后移了移。

思礼没有察觉到我的细微变化，自顾自地继续说："结婚不久他们就吵了一架，起因就是一些鸡毛蒜皮的小事情。但是足够让那个男人暴露他的本性，原来那个男的有暴力倾向。你说多讽刺？很多看起来老实本分，像小绵羊一样的人，其实骨子里可能是个恶魔。有些看着五大三粗，满脸横肉的人，实际上呢，怕老婆怕得要命。你说有不有趣？"

我敷衍地点点头，窗外的天有点变白了，也许一会儿就能继续拍摄了，就能让我从这个折磨的过程中解脱出来。

"那你看看，我是哪种男人？"他熄了烟，笑眯眯地盯着我。那笑容，让人头皮发麻。

"这种事情，外人不好评判吧，我只能判断你是个怎样的顾客，不能定义你是个什么样的人。"

他收起笑容，双手搓了搓脸，好像有些疲惫的样子。"抱歉，刚才故事说得太投入了，你别往心里去。我看这雨也差不多快停了，咱们回去收拾一下，然后就出发吧。"他站起身，走出餐厅。

窗外的风是小了很多，我托着下巴又发了会儿呆才离开餐厅。

其实人们都是靠着各种各样的借口在生存。比如说我在恋爱，我在失恋，我以前受过打击所以不再相信，我以前有过失望所以不再期望，因为我爱的人没有像我爱他那样爱我，所以我这样难过迷惘。这些借口的屏障掩盖了脆弱和不堪，依靠借口的人也并非不清楚这不过是条逃遁生活的小路，却依旧选择把自己藏在借口后面，让自己轻松一些，柔柔弱弱地向生活撒一个娇。

5

雨后的天空，湛蓝得有一种时光的久远感，这种久远感混杂着若隐若现的彩虹带来梦幻的感觉。被阳光梳理过的巷角的榕树老须，你说它是宁静或者陈旧都可以，因为它就是一种处事不惊的风范。雨珊今天看起来状态好了一些，脸色红润了不少。"你今天很漂亮。"

我打着招呼迎了上去。

"是嘛，谢谢。前几天状态实在太差了，今天才是最真实的我，你一定要把我拍得美美哒。"

最真实的自己吗？我看着她明媚的笑容，分不清，到底那阴暗悲惨的过去和眼前这灿烂的笑容，哪一个才是真实的。一个人经历过那些坎坷后是否真的还有能量微笑向前？我看了一眼后面精神萎靡的思礼。

这个男人真的有这种能量吗？

传说，在这附近藏着一座西班牙传教士修建的小教堂。凭着导航软件里显示的大致方位，我们穿过一片老旧小区，在七凸八凹的砖墙楼角之间拐了十几次弯。他俩已经想要放弃了，但我坚持一定要找到那座教堂。我让他俩原地休息，一个人继续寻找。我笨拙地从一道栅栏上两根被磨得光溜溜的铁柱子中间穿过，拐过最后一弯，先是看见山藤爬满的红砖墙面，然后有几只白鸽落在屋顶和天空的分界线上。

这是一座哥特式尖塔小教堂，像一块精致的插着蜡烛的草莓蛋糕，尖拱尖窗，简单的立面装饰、门楣窗棂、镂空女墙也都是尖形的。它就这样在杂草丛中屹立着，没有布道，也没有祈祷，即使被人遗忘，也依然坚守着信仰，那顶端矗立的十字架在我脚下投下了无比清晰的倒影。总有这样的一个地方，它们藏匿在人间，却超凡脱俗。当你置身其中，却敏感于自己身在其外，即使渺小如此的教堂，也会投下神圣壮阔的倒影。所有的永恒，所有的凝重，所有的地老天荒，迎面呼啸而来。

我又惊又喜地呼喊他们过来，惊走了成群的白鸽。

被雨水冲刷干净的世界，夹杂着自由青草的香气，空气都好闻了许多。他们在教堂前牵着手，随意地走动，我在左右一张一张地记录。今天的雨珊美极了，像一杯香甜的牛奶，溶得下低沉的咖啡，又能散发另一种味觉美感。这种美叫作包容，我从未感受过的一种爱，接近于母爱，但是没有那种娇纵感。

我让思礼在旁边休息一下，想专注地拍雨珊。她充满自信地行走在马上就要退去的彩虹下，像一只涅槃的凤凰。那些不好的、阴郁的过往，此刻都烟消云散，幻化成光。阳光照射在教堂穹顶的彩色玻璃上，绽放着万花筒般的七彩光辉，落在雨珊的头纱上。这一刻的她身上散发着无与伦比的美丽，绝无仅有的光芒，所有女人在这一刻都是她的手下败将，所有男人都将在她裙下臣服。我如朝圣般疯狂地按着快门，要记录下这一刻女神降临的神迹。

"休息一下吧，你看你都满头大汗了，当心中暑。"她手搭个凉棚，指着我说。

而我则好像瞬间落回到地球表面的宇航员，在意识到双脚下是坚实的大地后，腿一软竟然坐倒在地。

我们坐在一棵榕树下，纳凉休息。思礼偷偷摸摸来到我身边小声说："看今天你怪怪的啊，是不是被我今早跟你讲的话影响到了？"

"没有啊，怎么会？只是看你俩今天状态好，天气光线又恰到好处，就想着多拍点，多出几张片子。"

"嗯，我也能感觉到，好好拍，为了雨珊。"他重重地拍了拍我的肩膀。

路边一个小女孩跨坐在行李箱上，由妈妈拖着前行。轮子是横式的，不需要倾斜着拖曳，而是竖直着向前推。女孩的羊角辫在拉杆中间荡来荡去，无忧无虑。我望着不远处的两人，他们彼此不发一言，也在看那个小女孩，背靠着背，很有默契地分享着一瓶水。

我们返回那片沙滩，思礼要求休息一下，毕竟也算是上山下海了。我们脱下鞋子，随意坐在沙滩上。伸一个懒腰，把脚插进暖暖的沙子里。大海心平气静，脉搏呼吸都算均匀。掐着分钟来数海浪，就像是对大海的问询。每当第二层海浪涌上来，迎面撞向刚好撤下的第一层海浪，撞击的余力扩散，又正波及第三层海浪的风云初起之时，翻起的浪花相互交织激荡，刚好叠出一幅渔网模样的泡沫。泡沫和泡沫之间，又籁籁地相互吞并，各自消散。

看着远方的海平线上起初只有一个点，汩汩不绝地涌现成一条线，又逐渐地推近延长，消失退散。像是暗夜里绽放过纯白的花，像

是大海吐露过隐秘的心声。

我隐约听见雨珊说起肚子饿了，思礼便四处找人寻问可以吃饭的地方。一个慈眉善目的阿姨指着马路对面，一顿比画。然后就听见思礼胸有成竹地喊我们去吃大餐。

阿姨所指的方向是一个大棚，巨大的、菜市场一样喧闹的大棚，"友谊路下岗职工海鲜市场"。光听名字就知道这里不是欺骗外地人的黑店。这里所有东西都是现买现做，我们三人吃得酣畅淋漓，人均还不到一百块。

饱餐一顿后，两个人的笑容里明显充满了满足感，跟遇到的所有情侣一样。随后的拍摄异常顺利，结束的时候太阳还没有退却的征兆。

思礼已经把大大的"累""不耐烦"挂在脸上。

"辛苦了，今天就到这儿吧，思礼也累得不行了。先回酒店休息一下，晚上咱们一起吃饭。"雨珊的提议在此时合情合理。

"嗯，好的。我感觉他走回酒店都有些费劲了，我给你们叫辆车吧。"

"那就太感谢了。"她深情地望着瘫坐在地上的思礼笑着说，"那你呢？不累吗？"

"我还好，早就已经习惯这种节奏了。"我的真实想法是想在回去的路上再拍几张海景，想留给自己一点时间，不被旁人打扰。

"那……"雨珊向我凑近了一些，悄声地说，"五点钟，我在酒店楼下的餐厅等你。有些事要单独跟你说。"

"嗯，好的。我记下了。"

目送他俩坐着出租车离去，我心中一片茫然。我是一个不善掩饰的人，在知道了雨珊的过往之后，我没法装作一无所知的样子。或者我应该担心的是，我的伪装多久才会被她识破。所有的担忧都没有解决的办法，索性不去想了，顺势倒在柔软的沙滩上。躺下之后，一天的困顿才慢慢显现，我脱掉鞋子，彻底平躺放松。我需要充足的休息才能去面对雨珊和她所有的过去。

6

在回酒店的路上，我一直在猜测她有什么事情想要对我说。会跟我叙述一下自己的过去吗？应该不会，似乎也没什么必要。那么十有八九还是跟拍摄相关的事，可能想多要两张精修图之类的。但是这事没必要瞒着思礼啊。在见到她之前，我的所有设想都是徒劳。只要别让我给他们打折，其他的就随便吧。

还没到晚餐时间，酒店的餐厅还有些空荡。上午是坏天气，大家不想离开酒店；下午是好天气，大家都不想把时光浪费在酒店。

雨珊一个人坐在角落，在看见我之后招呼我过去。

"抱歉，让你久等了。"说完我告诉服务生只需要一杯咖啡。

"没关系，辛苦你了，忙了一天还叫你下来。"

"哪里，哪里。"咖啡端上来了，我抿了一口，身体和精神都恢复了许多。

"那我就开门见山了，这些天，我总看见我丈夫跟你聊天，我想知道，你们都在聊些什么？"

此刻，我宁愿为他们免单也不想回答这个问题。支支吾吾地说不出什么，低头又喝了一大口咖啡。

她看我面露难色，继续说道："他跟你说他的病情了吗？我猜，你大概也能看出来吧。"

"病？什么病啊？"几天的相处当中，我没发现思礼的身体有什么异样，除了有些神神道道的。

"抑郁症，重度抑郁症。"她有些悲伤又有些不好意思地笑了笑。

窗外的阳光很美，但我却丝毫看不到方向。

"你别怕，他现在好多了，只是话有些多。遇到他看着顺眼的人他就喜欢喋喋不休地说个不停。"

"哦，这样啊……"我小声地自言自语。

"如果他跟你说了什么奇怪的事，请你一定不要往心里去。"

我开始怀疑我和她对"奇怪"这个词语的定义是否一致。"没事没事，可以理解。"我搜肠刮肚想着还有哪些打马虎眼的词语。

"他是个好人，有一些缺陷的好人。"

我点点头，表示赞同。当然是赞同他是个好人，而不是他存在缺陷。

"他是一个大学老师，教植物学的。总待在学校和实验室里，所以人有些呆板，待人接物也不会变通。在单位很压抑，时间久了，就得了抑郁症。我带他去了好多家医院，你知道，这种病不容易治愈的，无论外人怎么努力，最终还是要靠他自己。他总跟我说，他没有活下去的勇气了，生活没有意义了。我就鼓励他，让他想想我，想想我们和等在前面的未来。后来，他逐渐好些了，总说我不容易，对不起我，要好好待我什么的。就好像我经历了什么人间悲剧，我猜是他想起来我一直照顾他，想回报我吧。"

大学老师？教植物学？这哪里是什么抑郁症，这分明是精神分裂啊。

"那么，我能冒昧地问一下，你是做什么职业的？"我充满疑惑地小心发问。

她有些羞涩地低头一笑："也许你不相信，我是一名接线员。你听说过，自杀干预热线吗？"

我整个人都无法理解这两天所发生的一切了。我在心里点点头，脸上还是装作不知道的样子。

"那是一个专门针对有自杀倾向的救助对象的服务专线，如果他们打来电话，我们就尽自己所能去帮助他们，帮助他们重拾生活的勇气和意义。思礼，就是我的一名救助对象。"

"你的意思是，思礼曾经想过要自杀？"

"没错。准确地说他不仅想过，而且尝试过。"

7

那是两年前的 4 月 22 日，清明的两周后。

"这里是救助热线，我是工号 3011，我能帮助你吗？"这是近半个月来的第一通电话。也许因为太过热情了吧，电话那头的他好像被吓了一跳。我赶快调整了一下语气，"请问你是先生还是女士？"

电话那头保持沉默。

"你现在的位置，能看到窗外吗？能看到开放的樱花吗？"

"你说说，现在，此时此刻，在哪个公园能看到樱花？"

"中山公园啊，现在那里正是赏花的季节。"

"好的，半个小时后，中山公园见。"电话就这么挂断了。

……

"然后你就去和他见面了？"在明知结果的前提下，我还是想确认问题的答案。

"说来也奇怪，我们是很少能得到与救助对象见面的机会的。那天风很大，白絮漫天飞舞，公司楼下，我最爱的玉兰花也开得恰到好处的样子，含苞的和盛放的，白的和紫的，是我最喜欢穿到身上的颜色。"雨珊低头浅笑了一下，"当时的我，说出来也不怕你笑，真有种去约会的感觉。"

……

因为是工作日，公园里都是闲逛的大爷大妈，所以，我一眼就看到了他。

他站在那片樱花树下，穿着一条卡其色休闲裤，一件藏青色夹克，头发被风吹得凌乱，架着一副黑框眼镜的脸上胡子刮得不是很干净，残留着青色的胡楂儿。正对着一棵樱花树念念有词地嘀咕着什么。

"你好，我是……刚才和你通电话的人。"

他没察觉我的出现，有些惊慌失措。迅速松开樱花树枝，将手收回口袋。另一只手紧张地扶了扶眼镜，眯起眼睛看着我。"就是你让我来看樱花的？"

"是啊，这樱花多美。"我随手指了一下。

他又伸出那只藏在口袋里的手，伸手摘下了一朵花，举到我眼前。"樱花都是有花梗的……"

……

"而桃花是没有花梗的！"我和雨珊一起说出了后半句话。

"咦，你怎么也知道这个？"

"你们是在耍我吗？你们觉得这个玩笑很好笑吗？思礼已经跟我说过这个故事了！"我能感受到自己的脸由于愤怒而充血。

"你为什么看起来很生气？"雨珊却对我的反应有些不解。

"不，我没生气。"我尝试恢复自己的情绪。

"思礼是不是和你说什么了？"雨珊好像看出了一点端倪。

迷雾里的真相裹挟着白色的水汽伸出了一只手，还没等我碰到，又缩了回去。我以为我看到了全部，我以为我分辨出了哪些是真，哪些是假，可真相把手指放在我眼前，左右晃了晃，又转瞬不见。

"在我回答你之前，你能回答我的问题吗？"

"没问题。"雨珊没有纠缠追问。

"你知道若曦和阿豪吗？"我想起了事件的源头。

雨珊摇了摇头："从没听说过，我应该知道吗？很重要吗？"

"你去过菲律宾，去当汉语老师吗？"

雨珊扑哧笑了出来："我是学自动化的，自己还没说明白呢怎么教别人？你这两个问题，代表什么吗？思礼到底和你说什么了？"

这时，一道冷静的光照进我的大脑。

一座冰冷的城市，一座高傲的楼宇里，他想象着他爱的那个女孩，那个他雕琢的，想象着的，并且还不认识的女孩。春风里，车如流水马如龙。他也曾是那么动情以为，地老天荒并不是永远，地老天荒只是一辈子，就像电影里说的，一辈子就是一辈子，少了一年，一个月，一天，一个小时都不算是一辈子。但对三分钟之前的他而言，地老天荒和一辈子马上就要画上句点。他抓住了风中的最后一根稻草。

这件事的真相对我来说已经没有太多意义了，究竟谁是自杀未遂，谁又是工号3011也完全不重要了。我看着眼前精神焕发的雨珊，想起茶馆傍晚，七彩火烧云里的思礼，他们已经在一起了，也许会地老天荒，也许足年足月。

"思礼也没说什么，他就是担心我把你拍丑了，他嘱咐我一定要把你拍得漂漂亮亮的。"我打消了雨珊的疑虑，她也没有深究。

"嗨，他净多管闲事。其实我也没那么在意。"雨珊的脸上隐约浮现了一抹羞红，"其实今天我找你来，除了想跟你说明一下他的情况，还有就是想感谢你跟他成为朋友，我第一次看见他跟一个人聊得这么投机。"

我自认为我和思礼的关系还远远没到朋友的程度，也许她太期望他能找到志同道合的人了吧。

"对了，我还有最后一个问题。前两天，你好像不是很在状态，能告诉我发生什么了吗？"这是我有可能解开的最后一个谜。

雨珊深思了一下，带着一丝羞愧微笑着低下了头，说："前两天我感冒了，又正好赶上来例假……对女生来说，这是最糟糕的状况了吧。"

8

每座城市的白昼和黑夜大概都有不一样的性情，这座城市的夜晚是温润如玉。

法国梧桐和昏黄的街灯相依相偎，形影不离。灯光下，无论是灿烂的青春又或是拥有岁月痕迹的脸庞，都融化在迷蒙的夜色里。楼宇上的光亮，向迎面而来没有节奏胡乱变化的车灯打着信号，交错着，闪烁着。

我在脑海中想象着若曦和阿豪的样子，他们俩穿着宽大不合身的运动校服，虽然丑陋，也有青涩的美好。他俩向我微微鞠了一躬，保持着脊柱弯曲的样子向后退去，淡入无边的黑暗。雨珊和思礼手挽着手从黑暗里走了出来，举起双臂，微笑浮现。头发的色泽，挑起的眉毛，柔情在她眼中，嘴角微微翘起。

当然还少不了两人各执一词的故事，那些只有我知晓的应有尽有的轮廓和想象。从记忆的泥淖里紧紧相拥的两个人，一点一点地清晰呈现，直到我闭上眼睛。两个人，幻化成一个整体，拥有人类的轮廓，长出了翅膀，从未完全记得，从未完全忘记，也从未完全地飞出记忆的天空。

昨晚，我以身体不适为理由拒绝了他们的邀请，待在屋里发呆到半夜才出去找酒吧。

前台值班的姑娘向我推荐了一家叫作"永远有多远"的地方，其实它并不算是家酒吧，只是一条小巷中稍加修缮的二层楼的老房子。我说，我想找一个安静点的角落，她笑着说，那我一定会喜欢那里的。

文质彬彬的侍者，"笃笃笃"踏上木制楼梯的实在感，若有若无的音乐，香水的味道，色彩浓重的装饰油画，最后是从苏式建筑的屋顶下探出的露天阳台。

从阳台向下望，只有路灯的小巷温柔得让人感动，但我还沉沦在这对自杀干预热线情侣的故事中。酒吧的音箱里放出了 Joanie Mad

-den 的《Song of the Irish Whistle》。我坐在朝南的最靠墙的那个座位，头顶有一张仿吴冠中的赝品画。一瓶啤酒，之后的就记不清了。

偶尔会想要大醉一场。昨晚在酒精的作用下，始终昏昏沉沉，睡不熟，却入了梦。隐隐约约中，仿佛回到某年，某人身边。情节已经忘记，只记得被冻醒，从梦里掉出来而又拼命想挤进梦里去。

也许每个人心里都有最脆弱最柔软最隐秘最温暖的地方，也许我们把最柔软最温暖的地方给了别人，也许我们把最脆弱最隐秘的地方留给了自己。我希望我可以拍下那样的你，当作礼物送给你。其实，我们时刻沉浸在自己自编自演的电影里，而且太多时候忘了自己要表达的究竟是悲还是喜。这对夫妻真是让人目眩神迷。不光是在血液里挥发的酒精，还是他俩之间的说不清的关系。我喜欢读诗，但没有几首能读懂，但我也不卑不急，只要遇到了那些人和事，那些诗你自然就懂了。

这两人谁被复制了，谁消失了？

谁用两种笑容微笑？

谁的声音替两个声音发言？

谁为两个头点头同意？

谁的手势把茶匙举向唇边？

谁是剥皮者，谁被剥了皮？

谁依然活着，谁已然逝去

纠结于谁的掌纹中？

渐渐地，凝望有了孪生兄弟。

熟稔是最好的母亲——

不偏袒任何一个孩子，

几乎分不清谁是谁。

这是辛波斯卡的《金婚纪念日》，简直就是思礼与雨珊婚姻的完美注脚，有些甜蜜，有些可怕，但一定是爱情。

喝醉后总是会早早醒来，才能不辞而别。毕竟所有的故事都开始于离别。离开熟悉的城市，在同一片天空下，在不同的土地上，感觉真好。我并不是讨厌大城市，只是有的时候，身处在喧嚣中，思想会身不由己地被禁锢。浮夸的生活和消费主义态度的确过瘾，但过后便会觉得空虚和无味。

沿着海岸线的公路，感谢此刻有了些许人情味儿的霓虹，我不想再去追随比我强大的人，也不想攀比更会雕琢的人，我只想努力变成会生活的人。我想融化在这片海雾中，驻扎在沙石间成为那潮起潮落的时候，时而沉没时而浮现的礁石。

我就在这儿，享受着属于我自己的海阔，等待最美的日出，看一眼，那一刻只属于我的天空，就离开这座城市。手上，触摸的是让人欢喜的味道。细软的沙子温柔地托着身子，包容了所有的美好与不美好。

那雾气蒙蒙的远方，是对未知的好奇，也是对自己的一次清晰审视。看不见别人，便好好地看一看自己。问一下自己是否快乐，自己对自己是否满意，现在的生活是否值得，今后想要拥有什么样的人生。把目光从别人身上移开，轻轻地放在自己身上，这就是我喜欢独处的原因，可以随意地走神而不必道歉。

再过一段日子，这里就会被来自四面八方的游客们挤成一锅煳掉的粥的样子，那时候，它那种被刻意精雕细琢的美只会让我生厌。像对一个知根知底的酒肉朋友，喝完一杯酒挥手告别，没有留恋，一切都隐身在沉默当中。

你所嗅到的岁月，那种咸味，是否仅仅是海风逶迤的味道？你所遥望的城市的霓虹，真的只是夕阳幻花了你的眼吗？

9

一个星期之后，我独自来到另一座南方小城。

坐在夜风微凉的院子里整理着思礼和雨珊的婚纱照片，一转头，一只橘猫蜷在庭中静静地与我对视，不知道它这样看了我多久。于是我把它抱到腿上，它自己扭来扭去，终于盘成一盘，悠然睡去。于是连打字都变得小心翼翼起来。我觉得一只猫正确的量词，就应该是"一盘"。当一盘猫肯在你腿上睡觉，是猫给人类的一种最高礼遇。

这是依山而居的一个小小村落，水紧跟在山脚下，水流很急，水上有桥，桥头矮岸上就是紧凑的屋檐人家。这里的小河是聚拢的，被桥，被岸，被人家和山体收束在一起，也就更活泼灵动起来。屋落和水之间隔着河岸以及一片片裸露的卵石滩，山和水之间又隔着远远的绿地缓坡，好像思维也就跟着散漫下去了。

我盯着一张照片发呆。

晴朗的天空下，彩虹只剩下那一缕，浮荡在半空中，他们手牵手，路过一座破旧的小教堂，红砖墙在雨水的洗刷后，鲜艳得喜人。一只白鸽落在雕花的窗口歇脚，抖落着羽毛中的水滴。他们发现了它，但又怕惊扰到它。于是小心翼翼，掩饰住了惊喜，但喜悦仍被挤出了眼角。

在我身上以及周围发生的一切，我越来越不把它们当作一件件事情，而只是当作一张图像，一张可以冷眼相看、与己无关的图像。图像，是把时间和空间凝固在一张涂有定影液的铜版纸上，在这之前，在这以后，都与我无关，只有这个 1/125 秒是我真正在乎的。人事纷杂，无可叙述，转眼间就被遗忘了。那些景物的截面愈加鲜明，不论对错是非，只要是美的就好。

我小心地抬起头，舒缓一下酸痛的脖子，生怕吵醒膝盖上的小祖宗。那是月亮吗？一开始并没有意识到，只是在东边粉蓝微紫的天际线上隐现着一瞥红光。像是藏着小小的、红色的、草莓味儿的，儿时的一颗硬糖，只少了窄窄的那么一隙边角，消融在了云折成的糖纸里面，于是涸出了那么一点点、一点点的红色，一点点甜的迹象。

我将照片打包发给他们，删除微信联系方式。这次又是白做工，我想不出不收钱的理由，但我确定，如果收到尾款的话，我想记住的、重塑的某些东西就会坍塌。这些日子他们一直在微信问我为什么不辞而别，我想他们是把我当朋友的，我也愿意做他们的朋友，但我想，他们是不需要一个我这样的朋友的，一个知晓了不应该被知晓的秘密的朋友。

在这座小山谷中，我总是忍不住一厢情愿地担心他们的未来，那

可怕的精神疾病是否会摧毁这一对可怜的情侣。知道了真相的我，是不是应该做些什么？但转瞬一想，我所了解的真相，真的是事情本来的面貌吗？那些如眼球快转时做的梦，那些隐藏在迷雾里不肯出来的梦，在暗地里嘲笑我，躲在角落里埋伏着我。这么胡乱想着，后背有些发凉。

晚些的时候，客栈里来了一群学生，安静的夜突然热闹起来，他们在院子里生起篝火，围坐在一起有说有笑。我也跟着一起凑热闹。不知是谁发起，开始玩起了心怀鬼胎的真心话大冒险，几轮下来也有些厌倦，一个脸颊长着雀斑的女孩提议每个人说一个故事，看看谁的故事最精彩。

本来我笑着说困了想离开。但转念一想，又坐了回去，要求第一个讲述。

"大叔，你要讲的是真人真事吗？"没想到我在他们眼中都成了大叔。不过想想也没什么问题。报纸上说 90 后都已经步入中年了，我也不用谦虚了。

"嗯，接下来我要说的，是百分之百真实发生的。"真相又从迷雾里探出头，脸上被厚重的水汽覆盖，双手搭在我的肩膀上，轻轻拍了一下。

小家伙们发出了起哄的声音，一个憨憨胖胖的姑娘举手发问："叔叔，你是干什么的？"

我忍住不笑，用力绷住冷峻的表情，说："我是一个电话接线员。"

"是移动联通的人工服务吗？"一个男孩抖了个机灵，引得众人发笑。

"不，我是自杀干预热线的接线员。这里是救助热线，我是工号3011，我能帮助你吗？"